新訳

ナルニア国物語5

馬とその少年

C・S・ルイス
河合祥一郎＝訳

角川文庫
23430

The Chronicles of Narnia,
The Horse and His Boy
by C. S. Lewis 1954

目次

第一章　シャスタ、旅に出る　8
第二章　冒険のとちゅうで　25
第三章　タシュバーンの門　43
第四章　シャスタ、ナルニア人と出会う　58
第五章　コリン王子　75
第六章　シャスタ、墓場へやってくる　91
第七章　タシュバーンのアラヴィス　103
第八章　ティズロック王の秘密の会談　119
第九章　砂漠を越えて　132
第十章　南の国境の仙人　148
第十一章　思いもよらぬ旅の道づれ　163
第十二章　ナルニアでのシャスタ　178
第十三章　アンヴァードの戦い　193
第十四章　ブリーはかしこい馬となる　207
第十五章　ドジ王ラバダッシュ　223

訳者あとがき　238

登場人物

シャスタ
カロールメン国の少年。漁師の父から奴隷のようにこき使われて育った。

アラヴィス
貴族の娘（タルキーナ）。アホシュタと結婚させられそうになり家出した。

ブリー
貴族（タルカーン）の気高き軍馬。実はナルニア出身で、口がきける。

フイン
アラヴィスと逃げた雌馬。ナルニア生まれで、心やさしい。

コリン王子
アーチェンランド国王子。シャスタと瓜二つ。

ルーシー女王
ナルニアの親切な女王。第1～3巻にも登場。

エドマンド王とスーザン女王
ルーシーの兄と姉。カロールメン国を訪れる。

ラバダッシュ王子
カロールメン国の王子。スーザン女王に求婚中。

ティズロック王
ラバダッシュのあくどい父王。圧政を敷く。

アホシュタ
カロールメン国の宰相。アラヴィスの婚約者。

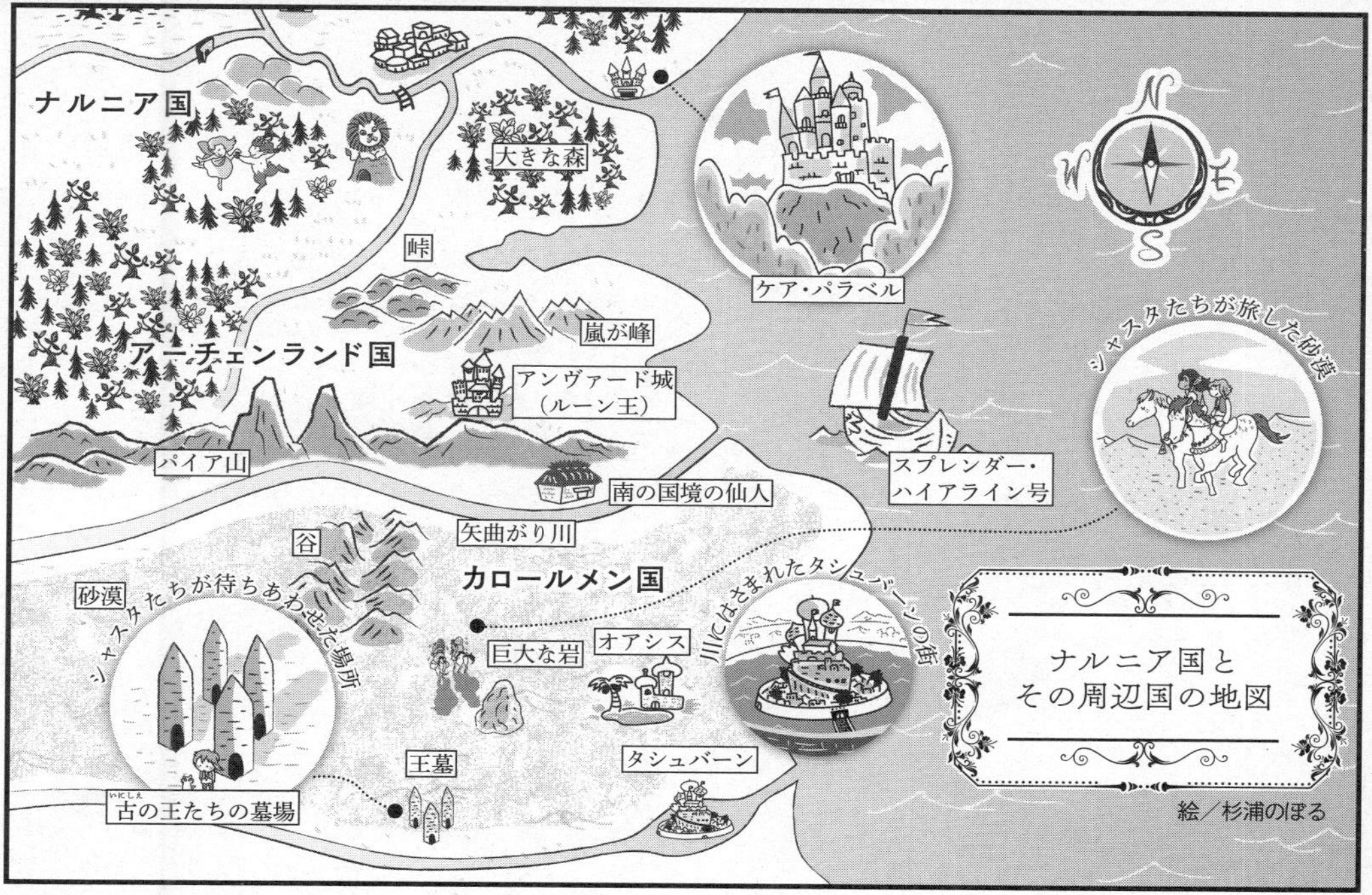
ナルニア国
大きな森
峠
ケア・パラベル
N
W
E
S
嵐が峰
アーチェンランド国
アンヴァード城
(ルーン王)
パイア山
南の国境の仙人
スプレンダー・
ハイアライン号
シャスタたちが旅した砂漠
矢曲がり川
谷
カロールメン国
砂漠
シャスタたちが待ちあわせた場所
巨大な岩
オアシス
川にはさまれたタシュバーンの街
ナルニア国と
その周辺国の地図
王墓
タシュバーン
古《いにしえ》の王たちの墓場
絵／杉浦のぼる

これまでの『ナルニア国物語』

イギリスの四人兄妹ルーシー、エドマンド、スーザン、ピーターは、古い洋服だんすを通りぬけて、異世界に迷いこむ。そこは怖《おそ》ろしい白の魔女が支配する魔法の国ナルニアだった。四人は言葉を話す動物や妖精《ニンフ》たちと力を合わせ、聖なるライオン《アスラン》に導かれて魔女を倒す。そして、ナルニアの王さま、女王さまとなり、平和をもたらした。

それから何年も時が経ち、ナルニアの隣国カロールメンの貧しい漁村で、新しい物語がはじまろうとしていた。

－新訳－

ナルニア国物語

5

馬とその少年

第一章　シャスタ、旅に出る

これは、ピーターがナルニア国で最大の王となり、その弟とふたりの姉妹も王と女王だった黄金時代に、ナルニア国とカロールメン国、そしてそのあいだの土地で起こった冒険物語である。

そのころ、カロールメン国のはるか南にあった小さな入り江のほとりに、アルシーシュというまずしい漁師が、男の子とともに住んでいた。男の子はシャスタという名前で、アルシーシュのことをお父さんと呼んでいた。アルシーシュは、たいてい毎朝、小舟に乗って漁に出て、午後は魚を積んだ荷車をロバに引かせて一キロ半ほど南の村へ出かけて、魚を売って暮らしていた。よく売れると、それなりにご機嫌になって帰ってきて、なにも言わなかったが、魚が売れないと、シャスタにあれこれ文句を言い、なぐったりもした。シャスタは網を直して洗ったり、夕食を作ったり、ふたりが住む小屋のそうじをしたりなど、いろいろやらなければならないことが多かったので、文句をつけられることがよくあったのだ。

シャスタは、家より南のほうには、なにもおもしろいものはないと思っていた。一度か二度、アルシーシュといっしょに南の村まで行ったことがあり、つまらないところだと思ったからだ。南の村で出会った人といえば、父親に似ている男たちばかりだった。きたない長い上着をまとい、爪先《つまさき》のそり返った木靴をはき、頭にはターバンを巻いて、あごひげを生やし、つまらなそうなことをぼそぼそと話しあうばかりだった。けれども、シャスタは、北のほうのことはなんでも知りたいと思っていた。北へ行った人はだれもおらず、シャスタ自身も行ってはいけないと言われていたからだ。家の外でひとりきりで網を直しているときなど、よく、北のほうを一所懸命ながめたものだ。けれども、見えるのは、高台にむけてのぼっていく、草におおわれたなだらかな坂だけで、そのむこうには鳥が飛んでいる空しか見えなかった。

ときどき、アルシーシュがそばにいると、シャスタは聞いたものだった。

「ねえ、お父さん、あの山のむこうには、なにがあるの？」

そんなとき、漁師のアルシーシュは、機嫌が悪いと、シャスタの横っ面をひっぱたき、ちゃんと仕事をしろと命じるのだった。おだやかな気分のときでも、こう言った。

「息子よ、つまらん質問をして気を散らすな。ある詩人がこう言っているぞ、『仕事にはげめば商売繁盛。くだらぬ質問をする者は、ひどい貧乏という岩にぶつかってくだける愚かな船に似る』とな。」

シャスタは、きっと、あの山のむこうには、父が自分からかくそうとしているなにかすばらしい秘密があるにちがいないと思った。けれども、本当は、漁師のアルシーシュがこんな言いかたをしたのは、北になにがあるのか自分も知らなかったからだ。知りたいとも思っていなかった。アルシーシュは、役にも立たないことになど興味がない人だったのである。

ある日、南から、これまでに見たことのあるどんな人ともちがう、見知らぬ人がやってきた。流れるようなたてがみとしっぽのある、たくましいぶち毛の馬に乗っていて、その鐙《あぶみ》と馬勒《ばろく》には銀がうめこまれていた。絹のターバンのまんなかから兜《かぶと》の角がつき出していて、体には鎖帷子《くさりかたびら》をまとっていた。腰には三日月のように曲がった刀をぶら下げており、背には真鍮《しんちゅう》の突起がちりばめられたまるい盾を背負い、右手に槍《やり》をにぎっていた。浅黒い顔をしていたが、カロールメン国の人はみんな浅黒かったので、シャスタはおどろかなかった。おどろいたのは、ひげが真っ赤に染められ、香油でかためられ、両はしがくるっと巻かれていて、てかてか光っていたことだった。けれども、アルシーシュは、男のむき出しの腕にはめられた金の腕輪を見て、これはタルカーン、つまり大貴族だとわかって、ひざまずき、あごひげが地面につくほど深いおじぎをして、シャスタにもひざまずくように合図をした。

見知らぬ男は、一晩泊めてほしいと求め、もちろんアルシーシュには、ことわることはできなかった。アルシーシュは、出せるかぎりの料理を夕食としてタルカーンの前に置いた。（とはいえ、タルカーンは大してありがたいとも思っていないようだった。）

シャスタは、お客があるときはいつもそうだったのだが、ひとかたまりのパンをあてがわれて、小屋から追い出された。こうしたとき、シャスタは、たいてい小さなわらぶきのロバ小屋でロバといっしょに寝た。しかし、そのときはまだ寝るには早い時刻だったので、シャスタは小屋の板壁の割れ目に耳を当ててすわり、大人たちがなにを話しているのか聞いてみた。ぬすみ聞きをするのは悪いことだとまだ教えられていなかったのだ。聞こえてきたのは、こんな話だった。

「さて、ご主人よ」と、タルカーンは言った。「おまえのところにいるあの子を買いたいと思う。」

「おお、だんなさま」と、アルシーシュ。（そう言ったときの、へつらうような口調から、きっと欲深そうな表情を浮かべながら言っているのだろうと、シャスタは思った。）

「そりゃ、あっしはびんぼうしてはおりますが、どんなに高い金をつまれても、たったひとりの血を分けた自分の子どもを売りとばすようなことができましょうか。詩人もこう言っているじゃございませんか。『親子の情はスープより濃く、子宝は宝石より尊し』と。」

「それはそうだが」と、タルカーンの客人は冷ややかに答えた。「こう言っている詩人もいる。『賢者をあざむこうとする者は、その罰として、鞭《むち》を打たれるべく背中をむき出しにしたも同然なり』と。その老いぼれ口でいつわりを申すでない。あの子がおまえの子でないことは、はっきりしている。おまえの顔はおれと同じように黒いが、あの子は、遠い北の果てに住む、美しくも、のろわれた野蛮人ども同様、金髪で白い肌をしているではないか。」

「《刀は盾にて防げども、賢者の目はいかなる守りもつらぬき通す》とは、よく言ったものでございます。」アルシーシュは答えた。「それでは、申しあげましょう、りっぱなお客さま、あっしは、あまりのびんぼうゆえに、妻をめとったこともなく、子どももおりません。しかし、ティズロック王――国王陛下万歳！――のありがたき慈愛に満ちた治世がはじまった年のこと、満月のある夜、どういうわけか、眠ることができず、この小屋のベッドから起きあがり、海や月をながめて冷たい空気を吸ってこようと思って、浜辺へ出たのです。そのとき、沖のほうからこちらへむかってボートをこぐ音と、弱々しい泣き声のような音が聞こえてきました。やがて潮の流れに乗って浜に流れついた小さなボートには、やせおとろえた男がひとりいて、極度の飢えとかわきでつい数分前に息を引きとったところのようでした。（まだ温《ぬく》もりがあったのです。）ほかには、空っぽになった革の水筒と、まだ生きている赤子がおりました。そこで、こう考えました。『こいつは、大きな船が難破して、逃げ出してきたかわいそうな人たちにちがいない。神さまがたのおはからいによって、この男は子どもを生かすために自分は飢えて、陸地が見えたところで命がつき果てたのだろう』と。そこで、こまっている人を助ければ神のお恵みがあると思いまして、それに、なにしろかわいそうに思ったものでありますから（こう見えてもあっしは、やさしい心の持ち主で）……」

「自分をほめるような意味のない言葉はやめておけ。」タルカーンが口をはさんだ。「おまえがあの子をひろったとわかればそれでよい。そして、あの子に与える日々のパンの十倍に値する仕事をさせてきたことは、だれが見ても明らかだ。さあ、おまえの長話にはあきあきした。あの子にいくらの値をつけるか、すぐに言え。」

「だんなさまが今かしこくもおっしゃったとおり」と、アルシーシュは答えた。「あの子の働きぶりは、あっしにとって、値のつけようのない価値がございます。このことをお考えになったうえで値段をお決めください。あの子を売るとなれば、その仕事をさせるためにほかの子を買うか、やとうかしなきゃなりませんからね。」

「十五クレセント支払おう」と、タルカーン。

「十五ですって！」アルシーシュは、泣きべそをかくような、悲鳴のような声を出した。「十五ですって！　あっしの老いの支えであり、わが目のよろこびでもあるあの子が！　いくらタルカーンさまであろうと、この白ひげをばかにしてはいけません。あっしの言い値は、七十です。」

ここまで聞くと、シャスタは立ちあがって、しのび足で小屋から離れていった。聞きたいことはすべて聞いた。村で大人たちが値段の交渉をするのを何度も聞いたことがあり、このあとどうなるかはわかっていたのだ。アルシーシュは、結局、十五クレセントよりはずっと高く、七十よりはずっと安い値でシャスタを売るに決まっている。でも、ふたりが手を打つまでにこれから何時間もかかるのだ。

もしみなさんが親の話を立ち聞きして、自分が奴隷として売られることを知ったらショックで悲しくなるだろうが、シャスタもそう感じたと思ってはいけない。というのも、ひとつには、シャスタの今の暮らしが、奴隷の暮らしのようなものだったからだ。ひょっとすると、あのりっぱな馬に乗った見知らぬ殿さまのほうが、アルシーシュよりも親切かもしれない。それに、自分がボートで発見されたという話を聞いて、シャスタはわくわくするとともに、ほっとしたのである。どんなに努めてもアルシーシュを好きになれなかったので、父を好きになれないのは嫌だと思っていたからだ。ところが、アルシーシュは父でもなんでもなかったとわかって、すっかり心が晴れた。「なあんだ、ぼくは、よその子なんだ。」シャスタは思った。「どこかの、殿さまの息子かもしれないぞ。ティズロック王――国王陛下万歳！――の息子だったりして。神さまの子かもしれないぞ！」

シャスタは、小屋の前の草地に立って、そんなことを考えていた。どんどんと夕闇がせまってきて、一番星や二番星がもう見えはじめていたが、西のほうには夕焼けのなごりがまだあった。あまり遠くないところで、あの見知らぬ殿さまの馬が、ロバ小屋の壁の鉄輪《かなわ》にゆるくつながれて、草を食《は》んでいた。シャスタはそこまでゆっくり歩いて行って、馬の首をポンポンと軽くたたいてやった。馬は気にとめることもなく、草を噛みちぎっている。

そのとき、シャスタの心に別の考えが浮かんだ。

「あの殿さまは、どんな人なんだろう。やさしい人だったらいいんだけどな。偉大な殿さまの屋敷につかえる奴隷たちは、ほとんどなんの仕事もせずに、すてきな服を着せてもらい、毎日肉を食べるんだ。ひょっとすると、ぼくを戦争に連れていってくれて、ぼくは殿さまの命をお救いして、それでぼくは、奴隷から解放されて、殿さまの息子にしてもらって、御殿や、二輪戦車や、鎧兜《よろいかぶと》をもらえるかもしれない。でも、おそろしく残酷な人かもしれない。ぼくを鎖につないで、畑仕事をさせるかもしれない。ああ、どっちなのか、わかったらな。どうやったらわかるだろう。きっとこの馬は知っているんだろうな。教えてくれたらいいのに。」

馬は頭をあげていた。シャスタは、そのサテンのようになめらかな鼻をなでて言った。

「きみが口をきけたらいいのにな。」

そのときだ。シャスタは夢を見ているのかと思った。とてもはっきりと低い声で、馬がこう言ったからである。

「口はきけますよ。」

シャスタは、馬の大きな目をまじまじと見つめ、自分の目を馬の目ほど大きく見開いた。

「ど、どうしてしゃべれるの？」

「しぃ！　声が大きすぎます」と、馬は答えた。「わたしの生まれた国では、ほとんどの動物は口がきけるんです。」

「どこ、それ？」

「ナルニアです。しあわせの国ナルニア。ヒースの草がしげる山々と、タイム〔タチジャコウ草〕の香る丘のあるナルニアには、あちこちに川が流れ、急流あふれる谷や、コケ生《む》すほら穴があり、森の奥では、こびとたちの槌音《つちおと》がひびいているのです。ああ、ナルニアの空気のおいしいこと！　そこで一時間暮らせるなら、カロールメン国で千年暮らすよりもずっとましです。」

そう言って、いなないたその声は、ため息のように聞こえた。

「どうしてここへ来たの」と、シャスタ。

「誘拐されたのです」と、馬。「あるいは、ぬすまれた、さらわれた――どういう言いかたをしてもかまいません。そのころ、わたしは、ほんの子馬でした。お母さんから、南の斜面に入ってアーチェンランド国やその先のほうまで行ったりしてはいけませんよと言われていたんですが、わたしは言うことをきかなかったんです。そして、ライオンのたてがみにかけて、そのおろかさの罰を受けました。この何年も、人間どもの奴隷となってしまい、自分の正体をかくして、ここの馬と同じように、口もきけず才知もないふりをしているんです。」

「どうしてほんとのことを言わないの？」

「それほどばかじゃないからですよ。口がきけると見つかったら最後、見せものにされて、これまで以上にしっかりと監視されてしまいます。逃げることは絶対できなくなるでしょう。」

「じゃあ、どうして……」シャスタは質問しはじめたが、馬が口をはさんだ。

「いいですか。つまらない質問をして時間をむだにしている場合じゃありません。あなたはわたしの主人のタルカーン〔貴族〕であるアンラディンのことを知りたいんでしょ。あの人は悪い人です。わたしにひどいことをするわけじゃありませんが、それは、軍馬には金がかかるから、ひどいあつかいができないだけです。でも、あなたは、明日あの男の家の奴隷になるくらいなら、今晩死んでしまったほうがましなくらいですよ。」

「じゃあ、逃げたほうがいいね。」シャスタは、真っ青になった。

「ええ、そうです。わたしといっしょに逃げてはどうですか。」

「きみも逃げるの？」

「はい、いっしょに逃げてくれるなら。そうすれば、ふたりとも逃げられるかもしれません。もしわたしが乗り手なしに逃げ出せば、だれもがわたしを見て『どこかの馬が逃げ出したぞ』と言うでしょう。そして、すぐに追われてつかまってしまいます。乗り手がいれば、つかまらずに行けるかもしれません。そこで、あなたの助けがいるのです。いっぽう、あなたはそのちっぽけな脚では――人間って、なんてばかげた脚をしているんでしょう！――たいして遠くまで行けません。すぐにつかまってしまいます。わたしに乗れば、この国のどんな馬よりも遠くまで行けます。その点で、わたしはあなたの役に立てます。ところで、馬の乗りかたは知っているでしょうね？」

「ああ、もちろんだよ」と、シャスタ。「少なくとも、ロバに乗ったことはある。」

「なんに乗ったですって？」馬は、ものすごい軽蔑《けいべつ》をこめて聞き返した。（少なくとも、そう言おうとしたのであるが、実際のところ口にしたのは、「なんにのっの、の、の、ヒヒーン」という、いななきのように聞こえた。口がきける馬というのは、怒ると馬語がまじるのだ。）

「要するに」と、馬は言った。「乗りかたを知らないんですね。それはこまった。

道々教えてあげなきゃならない。乗れないなら、落ちるのはできますか？」

「だれだって落ちるのはできるんじゃないの？」と、シャスタ。

「落ちても泣かずにまた立ちあがって、馬にまたがってまた落ちて、それでも落ちるのをこわがらないことができますかという意味です。」

「が、がんばってみます」と、シャスタ。

「かわいそうな子だ。」馬は、ずっとやさしい口調で言った。「あなたがまだ子どもだということを忘れていました。そのうちにじょうずな乗り手になれますよ。さて、あの小屋のふたりが眠ってしまうまでは出発できません。そのあいだに計画を立てておきましょう。わたしの主人のタルカーンは、北の大きな街タシュバーンへ行くとちゅうです。それから、ティズロック王の宮廷へ――」

「ねえ。」シャスタがびっくりした声を出した。「国王陛下万歳って言わなくていいの？」

「どうしてですか」と、馬はたずねた。「わたしは自由なナルニア生まれです。それなのになぜ奴隷やおろか者のように話さなければならないのでしょう。国王に一万年も生きてほしいとは思いませんし、わたしが望もうと望むまいと、一万年も生きませんよ。それに、あなたも自由な北の国の人でしょう。わたしたちのあいだで、そんな南国のものの言いかたをするのはやめましょう。さあ、計画にもどりましょう。さっきも言ったように、わたしの主人は、北のタシュバーンへむかっています。」

「ということは、ぼくたちは南に行ったほうがいいってこと？」

「そうは思いません。いいですか。主人は、わたしがほかの馬と同様に口がきけないおろか者だと思っています。本当にそういう馬なら、逃げ出したらすぐ、自分の牧場や馬小屋へ帰るでしょう。つまり、二日南へ下って、主人の屋敷に帰るはずです。主人はそう思って、わたしをさがすでしょう。まさか勝手に北へ行くなどと夢にも思わないはずです。きっと、ここに来る前の村でだれかに目をつけられて、そいつにここまでつけてこられて馬をぬすまれたと思うでしょう。」

「やったあ！」と、シャスタ。「じゃあ、北へ行こう。ぼく、ずっと北へ行きたかったんだ。」

「もちろん行きたかったでしょう」と、馬。「あなたのなかに流れている血のせいですよ。あなたは本物の北の国の人だと思いますからね。しかし、大きな声を出さないで。もうすぐふたりは寝入るでしょうから。」

「こっそりもどって見てくるよ。」

「それがいいでしょう。だけど、つかまらないように気をつけて。」

もうずいぶん暗くなっていた。あたりはとても静かで、浜に打ち寄せる波の音しか聞こえなかったが、幼いころから夜となく昼となく波の音を聞いて育ってきたシャスタには、それは音のうちに入らなかった。小屋に近づいてみると、明かりが消えていた。入り口のほうで聞き耳をたてても、なにも聞こえない。たったひとつしかない窓のところへまわってみると、すぐに聞き慣れたアルシーシュのきしむような高いびきが聞こえてきた。なにもかもうまくいけば、二度と聞かなくなるいびきだと思うと、へんな感じがした。ほんの少し申しわけなく思い、それよりもずっとうれしく思いながら、シャスタは息をひそめて、草の上をすべるようにしてロバ小屋へ行き、鍵《かぎ》をかくしてあるところを手さぐりして、戸をあけて、夜のあいだしまっておいた馬の鞍《くら》や手綱《たづな》や轡《くつわ》を見つけた。それから、身をかがめてロバの鼻にキスをして、こう言った。

「おまえを連れていけなくて、ごめんよ。」

シャスタがもどってくると、馬は言った。

「やっと来ましたね。どうしたのかと心配しましたよ。」

「ロバ小屋からきみにつける道具を持ってきたんだ。どうやってつければいいか、教えてくれる？」

つぎの数分間、シャスタは、馬具の音をたてないように気をつけながら、仕事にかかった。馬は、「その腹帯は、もっときつくしてください」とか、「下のほうに留め金があるでしょう」とか、「鐙《あぶみ》はもっと短くしなきゃ」などと言った。ぜんぶおわると、こう言った。

「さあ、人目をごまかすために、手綱をつけなければなりませんが、使わないでください。手綱は鞍の前にゆわえておいてください。わたしが自由に首を動かせるように、とてもゆるくね。それから、いいですか、手綱にはさわらないように。」

「じゃあ、なんのためにつけるの？」

「ふつうは、わたしに方角を教えるためです。ですが、この旅では、わたしが自分で方角を決めますから、あなたは手を出さないでください。それから、もうひとつ。わたしのたてがみをつかむのも、やめてください。」

「だけど」と、シャスタは訴えた。「手綱も、たてがみも、つかんじゃいけないなら、どこにしがみつけばいいの。」

「自分のひざで体を支えてください。それがじょうずに乗る秘けつです。両のひざで、思いっきりわたしの体をしめつけてください。背筋をまっすぐにして、棒のようになってすわるんです。わきをしめて。ところで、拍車はどうしました？」

「もちろん、ぼくのかかとにつけたよ。それぐらいのこと、知ってるさ。」

「それでは、拍車ははずして、鞍のふくろにしまってください。タシュバーンに着いたら、売れるかもしれませんし。準備はいいですか。じゃあ、乗ってください。」

「うわぁ、すごく高いね。」シャスタは、乗ろうとして、うまくいかずに息を呑《の》んだ。

「馬ですからね。あたりまえですよ。そんなのぼりかたをしたら、まるでわたしが干し草の山みたいじゃありませんか。そうそう、その調子。さあ、背筋をのばしてすわって、ひざをどうすればいいとわたしが言ったか思い出してください。騎馬隊の突撃の先陣を切り、レースで優勝したこのわたしともあろうものが、ジャガイモぶくろみたいなあなたを乗せるなんて、考えただけでおかしいですよ。まあ、とにかく出発です。」馬はクスクス笑ったが、いじわるな感じではなかった。

こうして馬は、とても用心しながらその夜の旅をはじめた。まず、漁師の小屋のすぐ南にある小さな川へむかい、海に注ぐその川の泥に、南へむかうひづめのあとをくっきりとつけたのだ。けれども、浅瀬のまんなかまで来ると、上流にむきを変え、小屋から百メートルほど水のなかを進んだ。それから、うまい具合に足あとのつかない、砂利になっている土手を選んで、川の北側へあがった。それでもまだ歩く速さで、小屋も、小屋のそばの木も、ロバ小屋も、入り江も――シャスタが知っていたなにもかも――が、灰色の夏の夜の暗闇のなかに消えていくまで、北へ進んでいった。山道をのぼって、ようやくふたりは山のてっぺんに着いた。これまでシャスタにとって世界の果てだったあの山のてっぺんだ。そのむこうになにがあるのか、よく見えなかったが、ひらけている草地があるのはわかった。どこまでも果てしなくつづいている。さびしくも、自由な荒れ地だった。

「やあ！」馬は言った。「こいつはギャロップ（馬の足が一度に四本とも地面から離れる最も速い走りかた」におあつらえむきだな!」

「あー、やめて!」と、シャスタ。「まだ、だめだよ。どうすればいいか、わからないもん。おねがい。馬さん。えっと、きみの名前、知らなかった。」

「ブリヒー・ヒニー・ブリニー・フゥヒー・ハー」と、馬は言った。

「そんなの言えないよ。ブリーって呼んでいい?」

「まあ、そうとしか言えないなら、しかたないでしょうね。あなたのことはなんと呼べばいいですか。」

「ぼく、シャスタ。」

「ふうむ」と、ブリーは言った。「そいつは本当に言いづらい名前ですね。ですが、さっきのギャロップですがね。実は、速歩《はやあし》〔トロット〕よりもずっとかんたんなんです。腰を浮かしたり落としたりしなくてすみますからね。ひざでしっかり体を支え、目はまっすぐ、わたしの耳のあいだから前を見ていてください。地面は見ないこと。落ちると思ったら、ひざをギュッとしめつけて姿勢を正すのです。いいですか。さあ、行きますよ、目指すはナルニア、北の方!」

第二章

冒険のとちゅうで

あくる日、なにか温かくてやわらかいものが顔の上で動くのを感じて、シャスタが目をさましたとき、もう昼近くになっていた。目をあけると、馬の長い顔がこちらをのぞきこんでいる。その鼻と口が、シャスタの鼻と口にくっつきそうだ。きのうの夜のわくわくするできごとを思い出したシャスタは、体を起こした。しかし、そのとたん、うめき声をあげた。

「うわぁ、ブリー。体じゅうが痛いよ。動けない。」

「おはようございます、ぼっちゃん」と、ブリー。「少し体が痛むのではないかと心配していました。落馬のせいではないですよ。落ちたのはせいぜい十回ちょっとでしたし、ふわふわの気持ちいい芝生の上でしたから、落ちるのが楽しいくらいだったはずです。ただ一度、あのハリエニシダのしげみにつっこんだのは、ひどかったですがね。今ひびいているのは、落ちたせいじゃなくて、乗馬それ自体のせいですよ。朝ごはんはどうしますか。わたしはもう、すませましたよ。」

「朝ごはんなんか、どうだっていいよ。なにもかも、どうだっていいよ。動けないって言ってるだろ。」しかし、馬がシャスタにその鼻をすり寄せ、ひづめでやさしく押したので、とうとうシャスタも起きあがらなければならなかった。そこでシャスタは、ここはどこなのかと、まわりを見まわした。

うしろには、小さな林があった。目の前には、あちらこちらに白い花が咲いている芝生がゆったりと下り坂になっていて、その先は崖《がけ》になっている。崖のはるか下には海がひろがっていたが、寄せてはくだける波の音はかすかにしか聞こえない。シャスタはそんな高いところから海を見たことがなく、こんなに広い海を見たこともなかった。海がこれほどいろいろな色をしているなんて、夢にも思わなかった。右にも左にも海岸がつづいていて、岬がいくつもあり、波が岩にぶつかって白くくだけているのが見えるが、あまりにも遠いために音は聞こえない。頭上にはカモメが飛び、地面にはかげろうがゆれている、カッと暑い日だった。しかし、とくにシャスタの注意をひいたのは空気だった。魚のにおいがしないと、ようやく気づくまで、なにがちがうのかわからなかった。もちろんこれまで、小屋のなかにいようが、浜で網を直していようが、ずっと潮の香りのなかにいたわけだ。この新鮮な空気はあまりにおいしく感じられ、今までの人生がすうっと遠ざかって、シャスタは、あざのことも、痛む筋肉のことも一瞬忘れて、こう言った。

「ねえ、ブリー、朝ごはんのこと、なにか言ってなかった？」

「言いましたよ」と、ブリーは答えた。「鞍のふくろのなかに、なにかあるでしょう。ふくろは、ゆうべ——と言うより、今朝早く——あなたがぶら下げたあの木の枝にかかっていますよ。」

ふたりは、ふくろのなかを調べ、見つけたものに歓声をあげた。ほんの少しだけ古くなった肉パイ、乾燥いちじくと、生チーズ、ワインの小瓶と、お金。ぜんぶで四十クレセントほどあった。シャスタにとっては、見たこともない大金だった。

シャスタが痛みをこらえながら、そっとすわって木にもたれかかり、肉パイを食べはじめると、ブリーもおつきあいをして、草を少し食べた。

「このお金を使ったら、どろぼうにならないかな。」シャスタが、たずねた。

「おや？」馬は口を草でいっぱいにしながら、目をあげた。「そんなこと、考えたこともありませんでしたね。自由な馬と口をきく馬は、もちろん、どろぼうをしてはいけません。だけど、だいじょうぶですよ。わたしたちは、この敵の国で、つかまえられた囚人なんです。そのお金は戦利品です。戦って勝ちとったお金です。それに、それがなかったら、どうやって食べものを買うんですか。あなたは、ふつうの人間と同じで、草とかオート麦とか、そのあたりに生えているものは食べられないんでしょう？」

「食べてみようとしたこと、あるんですか。」

「あるよ。ぜんぜん飲みくだせなかった。きみがぼくだったら、やっぱりできなかったと思うよ。」

「おかしなもんですね、人間っていうのは」と、ブリー。

シャスタが朝ごはんをおえると（こんなにおいしいごはんは、食べたことがないと思った）、ブリーが言った。「鞍《くら》をもう一度つける前に、少しころがってみようかな。」

そして、ブリーは草の上にごろんところがった。

「いいぞ、こいつはいいぞ。」ブリーは、芝生に背中をこすりつけ、足を四本とも宙でぶらぶらさせながら言った。

「あなたもやったらいいですよ、シャスタ。」ブリーは鼻を鳴らした。「すごくすっきりしますよ。」

けれども、シャスタは、大笑いして言った。「きみ、あおむけになると、おかしいよ！」

「そんなことはないでしょう」と言ったものの、ふいにブリーはぐるりと横むきになると、頭をあげて、少しハアハアと息をはきながら、シャスタをじっと見つめた。

「本当におかしい？」ブリーは、心配そうにたずねた。

「ああ、おかしいよ。」シャスタは答えた。「でも、それがどうしたの？」

「口をきく馬だったら、そんなこと、絶対にしないと思ってるんでしょう？」と、ブリー。「口のきけない馬から、ばかげた道化じみた芸を覚えやがったって？　わたしは、ナルニアにもどったら、つまらない悪いくせをたくさん覚えてしまったと気づいて、愕然《がくぜん》とするんでしょうね。どう思いますか、シャスタ？　正直に言ってください。遠慮は要りません。本物の自由な馬、口をきく馬は、ゴロゴロころがったりするべきじゃないと思いますか。」

「そんなのわからないよ。とにかく、ぼくがきみだったら、そんなこと気にしないね。まずは目的地に着かなくちゃ。行きかた、知ってるの？」

「タシュバーンへの道は知っています。そのあとは砂漠です。まあ、砂漠はなんとかやりすごせるでしょう。心配要りません。砂漠まで出れば、もう北の山々が見えてくるはずです。考えてもごらんなさいな！　目指すはナルニア、北の方！　どんなことがあっても、行こうじゃありませんか。だけど、タシュバーンを越せるとうれしいんだがな。街から離れていたほうが安全だから。」

「タシュバーンをさけては通れないの？」

「まわり道をするなら、内陸にずっと入りこまなきゃなりませんからね。そうすると、ひらけた土地や大きな通りに出ることになる。道もわからないし。だめです。海岸沿いにこっそり行くしかありませんよ。海岸沿いの丘で出会うものといったら、ヒツジや、ウサギや、カモメや、何人かの羊飼いぐらいですからね。さて、そろそろ出発しましょうか？」

シャスタがブリーに鞍を置き、よいしょとまたがったとき、脚がひどく痛んだが、ブリーは親切にもその午後はずっとゆっくり進んでくれた。夕暮れがせまってくると、ふたりは急な坂道をおりて谷に入り、村を見つけた。村に入る前に、シャスタは馬からおりて、歩いて村に入って、パンを一斤と玉ねぎや大根をいくらか買った。馬は夕暮れの野原をぐるりとまわって村の反対側でシャスタと落ちあった。一晩おきにこのやりかたで食べものを手に入れることにした。

シャスタにとっては、すばらしい日々だった。筋肉がついて落馬する回数もへってくると、ますます旅が楽しくなった。すっかりじょうずに乗れるようになっても、ブリーは、まだシャスタの乗りかたでは、小麦粉のふくろをのせているようなもんだなどと言った。

「安全だったとしても、お若いの、人目につく大通りであなたを乗せていくのは、はずかしいですよ。」

けれども、言葉は厳しくても、ブリーはしんぼう強い先生だった。馬ほど、乗馬を教えるのがじょうずな先生はない。シャスタは、速歩《はやあし》〔トロット〕、駈歩《かけあし》〔キャンター」、ジャンプのしかたを覚え、ブリーが突然とまったり、急に右や左へまわったりしても、ちゃんとすわっていられるようになった。戦争ではいつそんな動きをしなければならないかわからないと、ブリーは教えてくれたのである。そんなときシャスタは、ブリーがタルカーン〔貴族〕を乗せて戦った戦争のことをもちろん教えてもらいたがった。ブリーは、強行軍の話や、急流をわたった話、突撃の話、騎馬隊と騎馬隊とが激しくぶつかって馬も人間と同じように戦った話などをした。みんな、どう猛な雄馬で、噛《か》みついたり、けったりするようにしこまれており、ここぞというときに、うしろ足で立ちあがって、刀や戦斧《せんぷ》を敵の胸めがけてふり下ろすその一撃に、馬と乗り手の体重がすべてかかるようにするのだ。けれども、ブリーは、シャスタが聞きたがっても、それほど戦争の話をしたがらなかった。

「語る価値はありませんよ。しょせんはティズロック王の戦争であり、わたしは奴隷として、もの言わぬ獣として戦ったんですからね。ナルニアの仲間たちといっしょに自由な馬として戦ったナルニアの戦《いくさ》とは大ちがいです！　そっちの戦《いくさ》なら語る価値はあります。ナルニア万歳、北の方万歳だ。ブラハハ！　ブルゥ、フゥ！」

ブリーがそんなふうに話すときは、ギャロップがはじまることを、そのうちにシャスタは覚えた。

何週間も何週間もたくさんの湾を通り、岬を越え、川をわたり、村を越えて、シャスタが思い出せないくらい、いろいろなものを通りすぎたのちの、ある月明かりの夜のことである。シャスタたちは昼に寝ておいて、夕方になってから出発していた。丘をあとにして、広大な平原を進んでいるところだった。八百メートルほど左手に森がひろがり、やはり八百メートルほど右手に、低い砂丘にかくれて海があった。一時間ほど、速歩《トロット》になったり歩いたりして進んだところで、ブリーが突然とまった。

「どうした?」と、シャスタ。

「しっ!」ブリーは、首をぐるりとまわして耳をピクピクさせて言った。「なにか聞こえませんでしたか。ほら。」

「別の馬がいるみたいだ。ここととあの森のあいだに。」しばらく耳をすましていたシャスタが言った。

「みたいではなくて、いるんです。こいつは、まずいですね。」

「ただ夜おそくに馬で家に帰る農民だったりしないかな。」シャスタは、あくびをしながら言った。

「まさか! あれは農民の乗りかたじゃありません。それに農民が乗るような馬でもありません。あの音でわかりませんか。あれは上等な馬です。そしてかなり腕のいい騎手が乗っています。つまり、いいですか、シャスタ、あの森のはしにいるのは、タルカーンですよ。軍馬に乗っているんじゃありません。軍馬にしては、音が軽すぎる。

おそらくは生まれのいい雌馬でしょう。」

「そうかもしれないけど、今はとまってるよ」と、シャスタ。

「そうです。そして、どうしてこちらがとまると、むこうもとまるのか？　シャスタ、どうやらだれかにつけられているようですね。」

「どうする？」シャスタは、さっきよりも低いささやき声で言った。「こっちが見えてるのかな？　こっちの会話、聞かれてる？」

「この暗さでは、こちらがじっとしているかぎり見えないでしょう。」ブリーは答えた。「でも、ほら！　雲が出てきました。あれが月にかかるまで待ちましょう。それから、できるだけそっと右手へ逃げましょう。海岸のほうへ。最悪でも、砂丘のかげにかくれられます。」

ふたりは月が雲にかくれるまで待ち、それから最初は歩く速さで、そのあとゆるやかな速歩《トロット》で海岸を目指した。

雲は、思ったよりも大きく厚かったので、あたりは真っ暗になった。シャスタが「もうすぐ砂丘に着くぞ」と思ったとき、行く手の暗闇から、おそろしい音が突然聞こえてきたので、心臓が飛び出すかと思った。それは長くうなるような吼《ほ》え声で、もの悲しく、すさまじく野蛮な声だった。ブリーは、さっとむきを変え、全速力で内陸を目指して走りはじめた。

「どうしたの？」シャスタは、あえいだ。

「ライオンだ！　何頭かいる！」ブリーはとまらず、ふり返りもせずに言った。

そのあとは、もうひたすらギャロップだ。走りに走り、大きくて浅い川を、水をはねあげながらわたり、その川のむこう岸にあがったところで、ブリーはようやくとまった。シャスタは、体がふるえていて、汗だくになっていた。

「この水のおかげでにおいがわからなくなって、追っ手をまけたかもしれません。」ブリーは少し息がつけるようになってから、苦しそうに言った。「しばらく歩いても、だいじょうぶでしょう。」

歩きながらブリーは言った。「シャスタ、わたしは、はずかしい。口のきけない、ありきたりのカロールメンの馬みたいにおびえてしまった。本当です。自分が口をきける馬である気がしません。刀や、槍《やり》や、弓矢は、どうということはないが、ああいった生き物たちだけにはたえられない。少し速歩《トロット》をすることにしましょう。」

ところが一分もしないうちに、ブリーはまたギャロップをはじめた。それも無理はない。ふたたび、うなり声がしたのだ。こんどは、左手の森の方角から聞こえた。

「二頭いる。」ブリーはうめいた。

数分走りつづけて、もうライオンの声が聞こえなくなったところで、シャスタは言った。「ねえ！　さっきの馬が、ぼくらといっしょに走ってるよ。すぐ近くだ。」

「こ、好都合です。」ブリーはあえいだ。「乗っているタルカーンが刀を持っているでしょうから、守ってくれますよ。」

「だけど、ブリー！」と、シャスタ。「つかまるくらいなら、ライオンに殺されたほうがいいかもよ。ぼくはそうだよ。馬どろぼうで、しばり首にされちゃう。」シャスタは、これまでライオンと出遭ったことがなかったので、ブリーほどライオンを恐れていなかった。ブリーは、ひどいめにあったことがあるのだ。

ブリーは返事の代わりに鼻を鳴らしただけだったが、ふいに右にむきを変えた。奇妙なことに、もう一頭の馬は左手に急にむきを変えたようで、一瞬にして二頭のあいだがパッと開いた。ところが、そのとたん、ライオンの吼え声が二度、一度は右から、つづいて左から、ほとんどあいだを置かずにひびいたので、二頭の馬はふたたびたがいに近寄った。ライオンたちもそうしたようだ。左右から聞こえてくるライオンのうなり声はひどく近く、全速力で走る馬たちにかなりよゆうをもってついてきているようである。そのとき、雲が晴れた。おどろくほど明るい月明かりが、まるで昼間のように、すべてを照らし出した。二頭の馬とふたりの乗り手は、まるで競走をしているように首をならべ、ひざをそろえるようにして、走っていた。実のところ、ブリーがあとで語ったところでは、カロールメンでもこんなにすばらしいレースをしたことはなかったそうだ。

シャスタは、もうだめだとあきらめて、ライオンは獲物をすぐに殺すのだろうか、それともネコがネズミをもてあそぶようになぶり殺しにするのだろうか、そしたら、どんなに痛いんだろうと考えはじめた。同時に（とてもおそろしいときは、そうなることがよくあるが）なにもかもはっきり見てとれた。もうひとりの乗り手は、とても小柄で、ほっそりした人で、鎖帷子《くさりかたびら》をつけ（月の明かりで、きらめいていた）、堂々と馬を乗りこなしていた。ひげは生やしていない。

前方に、なにか平たくて、かがやいているものが、ひろがってきた。なんだろうと思う間もなく、大きな水しぶきがあがり、口いっぱいに塩水が入るのを感じた。かがやいていたのは、陸に深く切りこんでいる入り江だった。二頭の馬は、そこを泳いでいき、海水は馬にまたがるシャスタのひざまで来ていた。うしろから怒ったようなうなり声が聞こえ、ふり返ると、入り江のはしに、大きな毛むくじゃらのおそろしい姿がうずくまっていた。ただ、一頭しかいない。

「もう一頭は、ふり切ってきたんだ」と、シャスタは思った。

そのライオンは、ぬれてまで獲物を追おうとは思わなかったようだ。ともかく、水に飛びこんで追ってくることはしなかった。二頭の馬は、たがいにならんで、すでに入り江のまんなかまで来ており、反対側の岸がはっきり見えてきた。タルカーンは、まだひとことも口をきいていない。

「でも岸にあがったら、すぐに口をきくだろう」と、シャスタは考えた。「ぼくは、なんて言えばいいんだろう。なにか話をでっちあげなければ。」

するとふいに、ふたつの声がそばで話をしているのが聞こえてきた。

「ああ、つかれはてました」と、ひとつの声が言い、「だまってなさい、フィン。ばかなことをしないで」と、もうひとつの声が言った。

「夢を見ているんだ」と、シャスタは思った。「あの馬、口をきいたぞ。」

やがて二頭の馬は、泳ぎから歩きに変わって、体やしっぽからおびただしい水をザバザバとしたたらせ、八本のひづめで小石をガチャガチャと踏みしめながら、入り江の反対側の岸にあがっていった。おどろいたことに、タルカーンは、なにも質問しようとしなかった。シャスタを見ようともせず、ただ自分の馬を先に進めようと心をくだいているようだった。けれども、ブリーは、相手の馬の前に立ちふさがった。

「ブルゥ、フゥハー。」ブリーは、いなないた。「ちょいと待った！　聞いていたぞ。ごまかしてもむだだ。聞いていたぞ。あなたは口をきく馬ですな。わたしと同じナルニアの馬だ。」

「だから、なんなのよ？」見知らぬ乗り手が刀の柄に手をかけながら、荒々しい口調で言った。しかし、その声を聞いて、シャスタは、あることに気づいた。

「なんだ、女の子じゃないか。」シャスタは、さけんだ。

「わたしが女の子だからって、あんたの知ったこっちゃないわ！」

見知らぬ相手は、ぴしゃりと言った。「あんただって、ただの男の子じゃないの。無礼で、どこにでもいる少年じゃない。ひょっとすると、主人の馬をぬすんだ奴隷かしら？」

「なにも知らないくせに」と、シャスタ。

「この子は、どろぼうではない、小さなタルキーナ〔貴族の娘〕よ」と、ブリーは言った。「少なくとも、ぬすみがあったとすれば、わたしがこの子をぬすんだと言ったほうがよいだろう。そして、わたしの知ったことかどうかという件に関して言えば、この見知らぬ土地で自分と同じ種族の貴婦人《レイディ》と出会って声をかけないということがあろうか。声をかけるのは当然だ。」

「当然だと思いますわ」と、雌馬は言った。

「だまってなさいよ、フイン」と、少女。「めんどうなことに巻きこまないで。」

「めんどうかどうか知りませんが」と、シャスタ。「おのぞみならさっさと消えたらいいんだ。引きとめたりしないから。」

「させるもんですか」と、少女。

「人間ってのは、なんてけんかっ早いんだろうね」と、ブリーは、雌馬に言った。「ラバみたいに手に負えないよ。ちょっとまともな会話をしようじゃないか。おじょうさん、あなたもきっと、わたしと同じでしょうね。幼くして、とらえられ、何年も奴隷生活をしていたのではありませんか？」

「そのとおりです。」雌馬は、憂鬱《ゆううつ》そうに、ヒンヒンと言った。

「そして今はおそらく――逃亡中？」

「あんたの知ったこっちゃないと言いなさい、フィン」と、少女。

「いいえ、言いません、アラヴィス。」雌馬は、両耳をうしろにたおして怒った。「これはあなたの逃亡であると同時にあたしの逃亡でもあるのです。それに、こんなに気高い軍馬のかたが、あたしたちを裏切るとは思えません。あたしたちは、ナルニアへ逃げようとしているのです。」

「そして、もちろん、われわれもです」と、ブリー。「もちろん、すぐお気づきだったでしょう。ぼろ服を着た少年が軍馬に乗って（あるいは乗ろうと努力して）真夜中に走っているのですから、どこかに逃げようとしているのに決まっています。もしそう言ってよければ、高貴な生まれのタルキーナが、自分の兄の鎖帷子《くさりかたびら》をまとって真夜中に馬を走らせて、ほかの人の知ったこっちゃないと言いながら、質問もしないとなれば――こいつがあやしくないとすれば、わたしを駄馬と呼んでくれてもかまわない。」

「わかったわよ」と、アラヴィス。「そのとおり。フィンとわたしは逃げようとしているの。ナルニアへ急いでるの。それがなにか？」

「そうとなれば、いっしょに行きませんか」と、ブリー。「フィンおじょうさん、旅のとちゅうでわたしがお力になり、守ってさしあげることができれば、嫌とはおっしゃいませんでしょう。」

「なぜ、わたしじゃなくて、ずっとわたしの馬に話しかけてるの？」少女はたずねた。

「失礼、タルキーナ」と、ブリーは（かすかに耳をうしろにたおしながら）言った。「それはカロールメン人の考えかたです。フィンもわたしも、自由なナルニア生まれです。あなたも、ナルニアへ逃げこむと言うなら、ナルニア人になりたいはずだ。となれば、フィンは、もはやあなたの馬ではない。あなたがフィンの人間だと言ってもいいくらいです。」

少女はなにか言おうとして口をあけたが、やめてしまった。明らかに、今までそういうふうに考えたことはなかったのだ。

「それでも」と、しばらくしてから少女は言った。「いっしょに行ったほうがいいとは思えないわ。かえって見つかりやすくなるんじゃないかしら。」

「見つかりづらくなりますよ」と、ブリー。雌馬のフィンも言った。

「ぜひ、いっしょに行きましょう。そのほうが、ずっとおちつきます。実は、道もよくわかっていないじゃありませんか。こんなりっぱな軍馬だったら、あたしたちよりも、ずっといろいろご存じだと思います。」

「おいおい、ブリー」と、シャスタ。「好きに行かせてやればいいじゃないか。こっちといっしょになりたくないって言ってるのがわからないのかい？」

「いっしょがいいです」と、フィン。

「あのね」と、少女。「軍馬さん、あなたといっしょに行くのはいいけれど、この子はどうなの。この子がスパイでないと、どうしてわかるの。」

「ぼくなんか役立たずだと思うって、はっきり言えばいいじゃないか」と、シャスタ。

「だまって、シャスタ」と、ブリー。「タルキーナの質問はまったくもっともだ。わたしが保証しましょう、タルキーナ。この子は、わたしにうそをつかない善良な友だちだ。それに明らかにナルニア人か、アーチェンランド人だ。」

「わかったわ。じゃあ、いっしょに行きましょう。」しかし、少女は、シャスタにはなにも言わなかったので、少女が必要としたのはブリーであって、シャスタでないことは明らかだった。

「すばらしい！」と、ブリー。「それでは、あのおそろしい動物たちは、この水を越えて追ってはこないのだから、人間のふたりに、われわれの鞍《くら》をはずしていただいて、ここらでひと休みをして、おたがいの話を聞こうじゃありませんか。」

　ふたりの子どもたちは馬から鞍をはずし、馬たちは少し草を食べ、アラヴィスは自分の鞍ぶくろから、とてもすてきな食べものを取り出した。けれども、シャスタはむくれて、食べものをことわり、おなかがすいていないと言った。シャスタは、とてもえらそうにして、よそよそしくしようとしたのだが、漁師の小屋でえらそうな態度などとったことがなかったので、まったくうまくいかなかった。自分でも失敗したと、なかばわかっていたので、ますますむくれてしまい、いっそうぎこちなくなった。いっぽう、二頭の馬たちは、とてもなかよくなった。ナルニアのあれやこれやの場所をいっしょに思い出していたのである――「ビーバーのダムの上の草っぱら」は、どちらもがよく知っていた場所で、しかも二頭は、はとこのような親類だとわかった。おかげで人間たちはいっそう居心地が悪くなり、やがてブリーが言った。

「それではタルキーナ、あなたの話をしてください。どうぞゆっくりと。こちらは、すっかりおちついたので。」

アラヴィスは、すぐに物語をはじめた。じっとすわったまま、これまでとはずいぶん調子のちがう話しかただった。というのも、カロールメンでは、物語のしかたというものを教わるのだ。物語が実話か作り話かは関係ない。ちょうどイングランドで、子どもたちが作文を教わるのと同じだ。ちがいがあるとすれば、物語はみんな聞きたがるが、作文を読みたがる人はあまりいないということぐらいだろう。

第三章

タシュバーンの門

「わが名はアラヴィス・タルキーナ」と、少女はただちに語りはじめた。「キドラッシュ・タルカーンのひとり娘です。父はリシティ・タルカーンの息子にして、リシティはキドラッシュ・タルカーンの息子、キドラッシュはイルソンブレ・ティズロックの息子、イルソンブレはアルディーブ・ティズロックの息子にして、先祖タシュ神の直系なのです。わが父はカラヴァール地方の領主にて、ティズロック王――国王陛下万歳！――の御前でも靴をはいたまま立っていてよい身分。わが実母は亡くなり（安らかに眠りたまえ）、父は別の妻をめとりました。わが兄は、遠き西方の叛乱軍《はんらん》との戦いでたおれ、弟は幼い子どもです。さて、わが父の妻、義理の母がわたしを嫌い、わたしが父の家に暮らすかぎり、陽は継母《ままはは》の目に暗く映りました。そこで、継母は父を説得して、わたしをアホシュタ・タルカーンと結婚させる約束をさせました。このアホシュタというのは、いやしい生まれなれど、近ごろティズロック王――国王陛下万歳！――に取り入り、悪しき忠告をして気に入られ、タルカーンにしてもらい、多くの町を治める領主となりました。現在の宰相が亡くなれば、つぎの宰相に選ばれそうな勢いです。年は六十をとうに超え、背中にこぶあり、顔はサルのごとし。されど、父は、そんな男の富と力のために、妻の説得を受けて、わたしを結婚させるという使いを出し、その申し出は受け入れられました。アホシュタは、まさに今年の夏のさかりに、わたしと結婚すると伝えてきたのです。

この知らせが届いたとき、陽はわが目に暗く映りました。わたしはベッドにつっぷして、一日じゅう泣きました。けれども、あくる日、わたしは起きて顔を洗うと、雌馬のフィンに鞍を置き、兄が西方の戦に行くとき身につけていたするどい短剣をつかんで、たったひとりで家を出ました。父の家が見えなくなると、わたしは人家も見当たらない森のなかの、ひらけた緑の場所へやってきて、雌馬のフィンからおりると、短剣を取り出しました。それから、心臓に剣をつきつけられるよう、服をはだけ、死んだらすぐに兄のもとに行けますようにと神に祈ると、目をつぶって歯を食いしばり、心臓に短剣をつきつけようとしました。ところが、そのとき、この雌馬が人間の娘の声でこう言ったのです。

『ああ、おじょうさま、ご自身を破滅させてはなりません。生きていれば幸運にもめぐりあいますが、死んでしまえばおしまいです。』

「そんなにじょうずには、申しあげませんでした」と、フィン。

「静かに、静かにしていてください」と、物語を心から楽しんでいたブリーは言った。「りっぱなカロールメンふうの話しかたをしてくださっているのです。ティズロックの宮廷のどんな語り手でも、これほどじょうずには話せないでしょう。どうぞ、おつづけください、タルキーナ。」

「わたしの雌馬が人間の言葉を話すのを聞いたとき」と、アラヴィスはつづけた。「わたしは死の恐怖で頭がおかしくなり、幻聴が聞こえたのだと思いました。そして、わたしの家系のだれひとりとして、死など虫に刺されるほどにも恐れないのにと思って、自分がはずかしくてたまらなくなった。そこでもう一度、剣をつきたてようとすると、フインがわたしの近くにやってきて、わたしと剣とのあいだに頭をはさみこみ、実にもっともな理屈をならべて、母親が娘にするように、わたしをしかったのです。わたしのおどろきは、あまりにも大きかったので、自殺をしようとしていたことや、アホシュタのことも忘れて言いました。

『ああ、雌馬よ、どうして人間の娘のように話せるのですか。』

すると、フインは、ここにいるみんなが知っていること、つまりナルニアには口がきける動物がいて、フインは子馬だったときに、そこからさらわれてきたのだと教えてくれました。それから、ナルニアの森や湖のこと、城や大きな船のことなどを話してくれたので、わたしは言いました。『タシュ神とアザロス神と夜の女神ザルディーナの名にかけて、わたしはそのナルニアの国へ行きたくてたまらない。』

『ああ、おじょうさま』と、雌馬は答えた。『ナルニアに行けば、おしあわせになれるでしょう。そこでは、どんな乙女も、無理やり結婚させられたりはしないのですから。』

こうしてずいぶん長いあいだ話しこむと、希望がもどってきて、わたしは自殺をしなくてよかったとよろこびました。そのうえ、フィンとわたしは、ふたりでこっそりと逃げる約束をして、こんなふうな計画をたてました。すなわち、父の家に帰り、わたしは最も派手な服を着て父の前で歌ったり踊ったりして、父がわたしのために準備した結婚がうれしいというふりをするのです。そして、父にこう言います。『ああ、お父さま、わが目のよろこびよ、どうか乙女たちをお守りくださる夜の女神ザルディーナのために、わたしの侍女のひとりとともに三日間森にこもって秘密のいけにえをささげるお許しをください。ザルディーナへのおつとめに別れを告げて結婚の準備をする女性にはふさわしい伝統の儀式です。』

すると父は答えました。

『ああ、娘よ、わが目のよろこびよ。そうするがいい。』

けれども、父の前から下がったとたんに、わたしはただちに父の秘書をしている最も年老いた奴隷のところへ行きました。幼いわたしをひざに乗せてあやしたこともあり、わたしのことを空気や陽の光よりも愛してくれている男です。わたしは絶対秘密を守ってほしいとおねがいし、わたしのために、ある手紙を書いてほしいと言ったのです。奴隷は涙を流して、わたしに決意を変えるようたのみましたが、最後には『聞いたからには、したがいましょう』と言って、わたしの言ったとおりにしてくれました。わたしは手紙に封をして、ふところ深くかくしました。」

「その手紙にはなにが書いてあったの？」と、シャスタ。

「静かになさい、お若いの」と、ブリー。「話のじゃまですよ。手紙のことは、そのときが来たら話してくれるでしょう。おつづけください、タルキーナ。」

「それからわたしは、森でザルディーナの儀式をいっしょにすることになっている乙女を呼びつけ、朝とても早くに起こすようにと命じました。そして、その侍女と楽しいときをすごして、侍女にワインを飲ませました。ただ、まる一日眠ってしまう薬をその杯に混ぜておいたのです。家の者たちが眠りにつくと、すぐわたしは起きあがって、思い出の品として自分の部屋に飾っておいた兄の鎖帷子《くさりかたびら》を身につけました。腰のベルトには、持っていたすべてのお金と高価な宝石をしまい、それから食料も用意して、自分の手で雌馬に鞍《くら》を置き、夜の九時から十二時のあいだに出て行きました。父に『行く』と言っていた森には行かず、北のほう、タシュバーンの東を目指して進みました。

　さて、三日のあいだは、父がわたしをさがすことはないとわかっていました。わたしの説明で、父はだまされているはずですから。四日めにアジム・バルダという町に着きました。アジム・バルダは、多くの道が交わるところにあり、そこからティズロック王——国王陛下万歳！——の伝令が帝国のすみずみまで早馬を走らせるのです。偉大なタルカーンは、その特権として王の伝令を使ってメッセージを伝えることができます。そこでわたしは、アジム・バルダの帝国伝令本部の上級伝令官にこう言いました。『伝令官よ、ここにわが伯父《おじ》アホシュタ・タルカーンからカラヴァール州のキドラッシュ・タルカーン閣下への手紙があります。この五クレセントを受けとって、この手紙を届けてください。』すると、上級伝令官は『聞いたからには、したがいましょう』と言いました。

　この父への手紙はアホシュタによって書かれたものだとうそをついたわけですが、その内容はつぎのようなものでした。

『アホシュタ・タルカーンより、キドラッシュ・タルカーン殿へ。挨拶《あいさつ》と平安を送ります。絶対にして容赦なきタシュ神の御名《みな》において申しあげます。それがしは、閣下が娘アラヴィス・タルキーナとの結婚の約束を果たすべく、閣下の家へ旅するとちゅう、ちょうど乙女の風習にしたがいてザルディーナのいけにえの儀式をおえたところのアラヴィス姫と森でばったりと出会う幸運に恵まれました。相手がだれかわかると、それがしは、その美しさと思慮分別に心打たれ、恋に落ち、ただちに結婚せねば陽はわが目に暗く映るであろうと思いました。ゆえに、それがしは、必要ないけにえをささげ、姫と出会いしそのときに、姫と結婚し、姫を連れてわが館《やかた》へ帰りました。このうえは、閣下におかれましては、どうぞこちらへ急ぎいらしていただき、拝顔の栄をたまわり、そのお言葉でわれらによろこびをお与えくださいますよう。そしてまた、わが妻の持参金もお持ちくださいませ。こちらも大いに出費がかさんでいるゆえ、急ぎおわたしいただければ幸甚に存じます。閣下との友愛に免じて、われらの結婚が急であったとお怒りなさいませぬよう。ひとえに、閣下の娘御に抱く大いなる愛ゆえなれば。神々のお恵みがありますように。』

わたしはこの仕事をおえると、大急ぎでアジム・バルダから馬で立ちさりました。こんな手紙を受けとれば、父はアホシュタに伝令を送るか、あるいは自ら出むくでしょうから、事が発覚する前にわたしはとっくにタシュバーンから遠く離れているはずと考え、追っ手を恐れることはありませんでした。これが、今晩わたしがライオンに追われて塩水の流れるところであなたがたに出会うまでの物語のあらましです。」

「その女の子、きみが薬を飲ませたその子はどうなったの？」シャスタが聞いた。

「寝ぼうしたことで、鞭打《むちう》たれたことでしょうね。」アラヴィスが冷たく言った。「だけど、あの子はわたしの義理の母の手下であり、スパイでした。打たれて、いい気味だわ。」

「それって、フェアじゃないな」と、シャスタ。

「わたしは、あんたに気に入られようと思ってしたわけじゃないわ」と、アラヴィス。

「ひとつ、その話にはわからないところがある」と、シャスタ。「きみは大人じゃない。ぼくよりも年上じゃないだろ。ぼくより年下だと思う。きみの年で、どうして結婚ができるんだい？」

アラヴィスはなにも言わなかったが、ブリーがすぐにこう言った。

「シャスタ、無知をさらけ出すんじゃありませんよ。偉大なるタルカーンの家系では、いつだってこの若さで結婚するのです。」

シャスタは、しかりつけられたように感じて、真っ赤になった。（あたりが暗かったので、ほかの人にはわからなかったが。）こんどはアラヴィスが、ブリーに身の上話をしてほしいと求めた。ブリーが話しだすと、シャスタの落馬やら乗馬の下手さについて必要以上に話をふくらませているように、シャスタには思われた。ブリーは、明らかにそれがおもしろいと思っているようだったが、アラヴィスは笑わなかった。ブリーが話しおえると、みんなは眠った。

あくる日、四人とも、つまり二頭の馬とふたりの人間は、いっしょに旅をつづけた。シャスタは、ブリーとふたりきりのときのほうが楽しかったと思った。というのも、今ではしゃべっているのは、ほとんどブリーとアラヴィスばかりだったからである。ブリーは、カロールメン国で長いあいだ暮らしていて、いろいろなタルカーンやその馬のことをよく知っていたから、もちろんアラヴィスが話に出す人々や場所のことはおなじみだったのだ。アラヴィスは、いつも「でも、ザリンドレの戦いにいたのなら、わたしのいとこのアリマシュに会わなかった？」といったようなことを言い、そうすると、ブリーが答えるのだ。「ああ、そうそう、アリマシュね。あの人は、二輪戦車隊の隊長でしかありませんでしたがね。わたしは、戦車をひっぱるような馬たちや戦車隊の人たちのことは、あまりよく思っていなかったんです。あれは、本物の騎兵じゃありませんからね。だけど、アリマシュは、りっぱな貴族でした。わたしの飼い葉ぶくろに砂糖をいっぱい入れてくれたんですよ、ティーベスの町を攻め落としたあとにね。」あるいは、ブリーが「その夏は、メズリールの湖畔におりました」などと言うと、アラヴィスが「まあ、メズリール！　あそこには友だちがいるのよ。ラザラリーン・タルキーナっていうの。すてきなところよねぇ。あのお庭と《千香の谷》！」などと返す。ブリーは、決してシャスタをのけものにするつもりはなかったのだが、シャスタは、ときどき自分が忘れられているように感じた。共通のことを知っている者同士は、そのことを話さずにはいられないものだし、それを知らない者がその場にいっしょにいたら、のけものにされているように感じてしまうものなのである。

雄馬のフインは、ブリーのようなりっぱな軍馬の前ではとてもはずかしがっていて、ほとんどなにも言わなかった。アラヴィスは、シャスタに話しかけずにすむなら、なにも話さなかった。

けれどもやがて、もっと重要なことを考えなければならなくなった。もうすぐタシュバーンに着くのである。大きな村がどんどん増えてきたし、道を行き来する人も多くなってきた。ここまでは、昼間はできるかぎり身をかくして、夜のうちに旅をしてきた。そして、足をとめるたびに、タシュバーンに着いたらどうすべきかについて相談を重ねてきたのである。この難問に答えを出すのは、ずっと先送りにしてきたのだが、もはや先送りにはできなくなった。そして、話し合いをするたびに、アラヴィスはほんの少し、本当に少しずつであるが、シャスタにうちとけるようになってきたのだった。人は、なにも話さないでいるときよりも、いっしょに計画を練っているときのほうが、なかよくなれるものだからである。

ブリーは、街で離ればなれになったときのために、タシュバーンを通りすぎた先でまた落ちあう場所を決めておくのが先決だと言った。いちばんいい場所は、砂漠のはしにある、古《いにしえ》の王たちの墓地であろうと言う。

「石でできた巨大なハチの巣のようなものだから、見逃すはずがありません。なにしろいちばんいいのは、カロールメン国の人は、そこには死食鬼《グール》が出ると思ってこわがっている場所だから、だれも近づかないんです。」

アラヴィスは、本当に死食鬼《グール》は出ないのかとたずねたが、ブリーは、自分は自由なナルニアの馬であり、カロールメンのそんな物語は信じないと答えた。それから、シャスタが、自分もカロールメンの人間ではないから、そんな古い死食鬼《グール》の話など少しも気にしないと言った。それは、実は本当ではなかったのだが、それでアラヴィスはシャスタを見直し（と同時に、しゃくにも感じたのだが）、もちろんアラヴィスだって、死食鬼《グール》なんか少しも気にしやしないと言ったのだった。そこで、タシュバーンをぬけた先にある墓場で落ちあうことに決まり、だれもが順調だと思ったが、フインが、ひかえめながら、本当の問題は、タシュバーンを通りすぎたらどこで会うかということではなく、どうやってタシュバーンを通りぬけるかということだと指摘した。

「それは、明日《あした》解決することにしましょう」と、ブリー。「今は少し眠ったほうがいい。」

けれども、それはかんたんに解決できる問題ではなかった。アラヴィスが最初に提案したのは、こんな作戦だった。タシュバーンという街は大きな川のまんなかにあるのだが、その街を通りぬけるのはすっかりあきらめて、街よりも海に近い河口近くを夜のあいだに泳いでわたろうというのである。しかし、ブリーは、ふたつの理由をあげてそれに反対した。ひとつは、河口近くは川幅がとても広く、フインには泳ぎきれないだろうということだった。背中に人を乗せていればなおさらである。（ブリーは、自分にも泳ぎきれないと思っていたが、そのことはあまり口にしなかった。）もうひとつの理由は、川にはたくさんの船があるだろうから、二頭の馬が泳いでいるのを甲板から見つけられて、あやしまれるだろうということだった。

シャスタは、タシュバーンの川上にまわって、川幅がせまくなったところをわたればいいと思っていた。けれども、ブリーは、川の両岸には、何キロにもわたって庭園や宿泊所がたちならんでいて、そこに住むタルカーンやタルキーナたちが道で馬を走らせたり、川で水上パーティーを開いたりしているだろうと説明した。実際、そこは、世界じゅうのどこよりも、アラヴィスを知っている人がいそうな場所であり、ブリーだって、そこでなら知りあいに会うかもしれなかった。

「変装しなきゃね」と、シャスタが言った。

フィンの意見は、人混みにまぎれれば見つかりにくいので、いちばん安全なのは、門から門へとまっすぐ街をぬけていくことじゃないかというものだった。でも、変装するという案にも、フィンは賛成した。

「人間はふたりともぼろをまとって、奴隷か、びんぼうな農民のふりをするんです。アラヴィスの鎖帷子《くさりかたびら》や、あたしたちの鞍《くら》とかは、たばねて荷物にして背中に積んで、子どもたちがあたしたちをひっぱるふりをすれば、ただの荷馬だと思われるでしょう。」

「おやおや、フイン！」アラヴィスが、かなりばかにしたように言った。「どんなに変装したところで、ブリーが軍馬であることは、ばれてしまうわ。」

「わたしもそうだと思いますね。」ブリーは鼻を鳴らし、耳をほんのかすかにうしろにたおした。

「とてもよい計画だとは思いませんが」と、フイン。「それしか方法はないと思います。それにもうずいぶんブラシをかけてもらっていませんから、みっともなくなっているし。（少なくともあたしはそうです。）体じゅうに泥を塗って、つかれて、めんどうくさそうに頭をたれて進めば――そして、足も引きずるようにして歩けば――気がつかれないかもしれません。それから、しっぽは短くしておいたほうがいいですね。パチンと切るのでなく、先っぽがばらばらになるように切るのです。」

「フインさんよ。」ブリーは言った。「そんなようすでナルニアに着いたりしたら、どんなにはずかしいか考えてみましたか？」

「でも」と、フインは、おずおずと答えた。（とても分別のある雌馬だったのである。）「ともかくナルニアに着くのが大事ですから。」

だれもあまり気に入ってはいなかったが、結局採用されたのはフインの計画だった。なかなかめんどうな計画で、シャスタが「ぬすみ」と呼び、ブリーが「襲撃」と呼ぶ行為もいくらかやらねばならなかった。ある農場ではその日の夕方、ふくろが数個なくなり、またある農場ではつぎの日の夕方に、縄が一本なくなった。ただ、アラヴィスが着る男の子のぼろの古着は、ある村できちんとお金を払って買わねばならなかった。シャスタがその服を持って意気揚々と帰ってきたのは、ちょうど夕闇がせまるころだった。ほかの者たちは、その小道の行く手にある低い丘の上の林のなかでシャスタを待っていた。いくつも越えてきた丘もこれが最後だというので、みんなはわくわくしていた。丘のいちばん高いところにあがれば、タシュバーンが見おろせるのだ。

「タシュバーンを無事に越せたらいいんだけど。」シャスタは、フィンにつぶやいた。

「ほんと、そのとおりね。」フィンは、熱を帯びた口調で言った。

その夜、みんなは木こりの通る曲がりくねった森の道を通って、丘のてっぺんまでのぼっていった。てっぺんに着いて、森からぬけると、足もとにひろがる谷には何千もの明かりがならんでいた。シャスタは大都市など見たことも聞いたこともなかったので、こわいと思った。それからみんなは夕食をとり、子どもたちは少し眠った。

あくる日の朝とても早く、子どもたちは馬たちに起こされた。星はまだ空にかがやいており、地面の草はひどく冷たくぬれていたが、ちょうど夜が明けるところで、海のずっと遠くの水平線が明るくなっていた。アラヴィスは森へ何歩か入っていき、新たに手に入れたぼろ服に着替えてもどってきたが、似合っていなかった。それまでの服は、包みにしてかかえている。その包みのほかに、鎖帷子（くさりかたびら）や、盾や、三日月刀や、ふたつの鞍や、そのほか馬たちのりっぱな馬具が、ふくろに入れられた。ブリーとフインは、すでにできるかぎり体をよごしてみすぼらしくなっていたので、あとはしっぽを切るばかりとなった。切る道具は、アラヴィスの三日月刀しかなかったので、もう一度ふくろをあけて三日月刀を取り出さなければならなかった。しっぽを切るのには時間がかかり、馬たちはかなり痛がった。

「まったく！」と、ブリー。「わたしが口をきく馬でなかったら、あんたの顔に思いっきりけりを入れるところだよ！　チョキンと切っておわりかと思ったのに、これじゃあ引っこぬくようなもんだ。」

とは言うものの、かなり暗くて、指もかじかんでいたにもかかわらず、ついにこの仕事もおわり、大きなふくろは馬の背にのせられ、それまでのきちんとした手綱や馬具の代わりにつけられた縄を子どもたちが手ににぎると、新たな旅がはじまった。

「いいかい」と、ブリー。「できるかぎり、ばらばらにならないようにするんだ。もしはぐれたら、古《いにしえ》の王たちの墓場で会おう。そこに最初に着いた者は、みんなを待つんだ。」

「それから、もうひとつ」と、シャスタ。「きみたち馬は、ふたりとも、うっかり口をきいたりなんかしないでくれよ。なにがあっても。」

第四章

シャスタ、ナルニア人と出会う

最初シャスタが眼下の谷を見おろしたとき、霧の海から丸屋根と尖塔《せんとう》がいくつかつき出しているのが見えるばかりだったが、明るくなってきて、霧が晴れると、いろいろ見えてきた。大きな川がふたつに分かれており、そのふたつの川にはさまれた島に、この世の不思議のひとつであるタシュバーンの街があった。島のふちぎりぎりに高い壁がぐるりとめぐらされ、水が壁の石に打ち寄せている。その壁の上には、あまりにもたくさんの塔がひしめいているため、シャスタはそのうち数えるのをあきらめた。壁の内側では、島は山のようにもりあがっており、山のてっぺんにあるティズロック王の宮殿と偉大なるタシュ神の寺院にいたるまで、どこもかしこも建物だらけだった。テラスの上にテラスがあり、通りの上に通りがあり、ジグザグにのぼっていく道や巨大な階段の両はしには、オレンジやレモンの木や、屋上庭園や、バルコニーや、どこまでもつづくアーチのついた道や、柱のならぶ廊下や、尖塔や、胸壁や、光塔〔イスラム教の礼拝堂〕や、小尖塔がならんでいた。そしてついに太陽が海からのぼったとき、巨大なタシュ寺院の銀でおおわれた丸屋根が朝日を反射したので、シャスタは目がくらみそうになった。

「さあ、行って、シャスタ。」ブリーが、何度もうながした。

谷の両岸にはものすごくたくさんの庭園がひろがっていたので、最初森のように見えたが、近づいてみると、木々の下から数えきれないほどの家々の白い壁がのぞいていた。やがてシャスタは、かぐわしい花やくだものの香りに気づいた。十五分ほどして、みんなは、そのにおいのなかにおりて、平らな道を歩いていた。両側には白い壁があり、壁の上から木々がおおいかぶさっていた。

「ねえ」と、シャスタが、恐れいったような声を出した。「ここって、すばらしい場所だよ。」

「そうですね」と、ブリー。「だけど、無事にここを通りすぎて反対側に出なければ。目指すはナルニア、北の方！」

そのとき、低い、ブオォォオという、ふるえるような音が聞こえ、だんだんと大きくなってきて、やがて谷じゅうがその音でゆれるように思われた。音楽的な音だったが、強烈で、ちょっとこわくなるほどおごそかだった。

「街の門が開く合図の角笛ですよ」と、ブリー。「もうすぐ門に着きますよ。さあ、アラヴィス、少し肩を落として、足どりを重くして、お姫さまに見えないようにしなきゃ。これまでの人生、けっとばされたり、平手打ちをされたり、ひどいことを言われてきたって想像して。」

「そういうことなら」と、アラヴィス。「あんただってもっとうなだれて、そんなにふんぞり返らないで、軍馬に見えないようにしたらどうなの。」

「しっ」と、ブリー。「着きましたよ。」

ついに到着したのだ。みんなは川のふちまでやってきており、道は、連なるアーチに支えられた橋を通って、街の門へとつづいていた。朝日の光が、川面《かわも》にキラキラと躍っている。右手には、河口近くに船のマストがちらほら見えた。みんなの前にも橋をわたっていく人たちが何人かいて、その多くは荷物を背負ったロバやラバを引いたり、頭の上にかごをのせたりした身分の低い農民だった。シャスタたちは、その人混みにまぎれた。

「どうかしたの?」シャスタは、妙な表情をしていたアラヴィスにささやいた。

「あんたには、たいしたことじゃないでしょうよ。」アラヴィスは、かなり乱暴にささやいた。「あんたにはタシュバーンなんかどうでもいいでしょうからね。だけど、わたしは、本当なら兵士たちの先導で輿《こし》に乗って運ばれ、うしろには奴隷どもをしたがえて、ひょっとするとティズロックの宮殿——国王陛下万歳！——の大宴会場まで行進する身分なのよ。こんなふうに、こそこそとしたりせずに。あんたとは、ちがうわ。」

シャスタは、ばかばかしいと思った。

橋のむこう側には、街をかこむ壁が頭上高くそびえ立ち、真鍮《しんちゅう》の扉が開け放たれていた。とても広い門なのであるが、あまりにも高いために、せまく見えたほどである。六人ほどの兵士が手にした槍《やり》に寄りかかって両側に立っている。アラヴィスは、こう思わずにはいられなかった。

「わたしがだれの娘かわかったら、この人たちはたちまち気をつけをして、わたしに敬礼をするんだわ。」

けれども、ほかの者たちは、みんなどうやってここをすりぬけられるか、兵士たちが質問しなければいいのだけれど、とばかり考えていた。さいわい質問はされなかったが、ひとりの兵士が農民のかごからニンジンをつまみ出すと、シャスタに投げつけ、あざけり笑ってこう言った。

「おい、馬引きの小僧！　おまえ、そんない馬に荷物を運ばせたりしているのを主人に見つかったら、お仕置きだぞ。」

それを聞いて、シャスタはおびえた。やっぱり馬のことを少しでも知っている人なら、一目でブリーが軍馬だと見ぬいてしまうんだと、わかったからである。

「だんなさまの命令どおりにしてるんだい」と、シャスタは言った。けれど、だまっていたほうがよかったのだ。というのも、その兵士は、シャスタがひっくり返りそうになるほどシャスタの横っ面をぶんなぐって、こう言ったからである。

「これでもくらえ。このきたならしい小僧め。自由人にそんな口をききやがって。」

それでも一行はとめられることもなく、街のなかに入りこむことができた。シャスタは、ほんの少ししか泣かなかった。痛いげんこつには慣れっこだったからである。

門のなかへ入ると、タシュバーンは、遠くから見えたほどすばらしくはないように、まず感じられた。最初に目に入った通りはせまく、両側の建物には、ほとんど窓もなかった。街はシャスタが思っていたよりも人であふれ返っていた。シャスタたちといっしょに門から街に入ってきた（市場へむかうとちゅうの）まずしい農民たちもいたが、ほかにも水売りの行商人、砂糖菓子売りの行商人、荷物運び、兵士、物ごい、ぼろをまとった子どもたち、めんどり、野良犬、はだしの奴隷たちがいた。もしみなさんがそこにいたら、なによりも感じたのは、においだろう。おふろに入っていない人たち、体を洗っていない犬たち、香料、にんにく、玉ねぎ、それからいたるところに捨てられているごみの山から、ひどいにおいがたちのぼっていたのである。

シャスタはみんなを導いているふりをしていたが、実際は、道を知っていて鼻でつんつんとつつきながらシャスタを案内していたのは、ブリーだった。一行はやがて左へ曲がり、急な坂をのぼりはじめた。道のはしに木々が立ちならんでいたため、空気はずっとすがすがしくなった。右手には家がつづいていたが、左手はながめがよく、家々の屋根越しに、街が下のほうまで見晴らせ、川が上流のほうまで見えた。それから一行は、ヘアピンのような急な曲がり角を右へ曲がり、さらにのぼっていった。ジグザグの道を、タシュバーンの中央を目指してのぼっているのだ。間もなく、さっきよりもすてきな通りへ出た。大きな神々の像やカロールメン国の英雄たちの像がかがやく台座の上に立っている。「うわぁ、すごい」と思える像ばかりで、見て親しみが持てるものではなかった。ヤシの並木や、柱で支えられたアーケードが、焼けつくような舗道の上にかげを落としていた。そして、あちこちのお屋敷のアーチになった門の内をのぞくと、緑の枝やすずしそうな噴水、なめらかな芝生がちらりと見えた。なかはすてきだろうなと、シャスタは思った。

道を曲がるたびに、これで人混みからぬけ出せるのではないかと期待したのだが、いつまでたってもぬけ出せなかった。そのせいで足どりはずっと重くなり、時折すっかり立ちどまった。立ちどまることになったのは、「どけ、どけ、どけ。タルカーンさまのお通りだ」とか、「タルキーナさまのお通りだ」とか、「第十五位大臣さまのお通りだ」とか、「大使さまのお通りだ」といった大声がすると、大勢の人たちが、壁側にぎゅっと寄ったからである。こんなふうに鳴り物入りでやってくる偉大な殿さまや淑女の姿が、ときどきシャスタにも、人垣の頭越しに見えた。体の大きな奴隷たち四人か六人のむき出しの肩にかつがれた輿の上に、ゆっくりくつろいだようすで、ゆられながらやってくるのである。タシュバーンでは交通の決まりがひとつしかなく、それは目上の者が通るとき目下の者はみんな道をゆずらなければならないというものだった。鞭《むち》で打たれたり、槍の柄でこづかれたりしたくなければ、急いで壁際に寄らねばならなかった。

こうした交通渋滞のせいで最大の混乱が起こるのは、街のてっぺん近くにある豪華な通りにおいてだった。(その通りより高いところにあるのは、ティズロック王の宮殿だけだった。)

「どけ、どけ、どけ」と、声がした。「白い蛮族の王さまのお通りだ。ティズロックさま——国王陛下万歳！——のお客さまがお通りだ。ナルニアの貴族さまのお通りだ。」

シャスタは道をあけようとして、ブリーにあともどりさせようとしたが、馬というのは、ナルニアの口をきく馬でさえも、そうそうあともどりはできないのである。ちょうどシャスタのうしろにいた女の人が手にとても角張ったかごを持っていて、そのかごをシャスタの肩にぎゅっと押しつけて言った。

「ちょいと！　押すんじゃないわよ！」

そのとき、だれかに横から押されて、わけがわからなくなった瞬間に、シャスタは、ブリーと離れてしまった。それから、シャスタのうしろの人垣がギュッとかたまってしまったので、動けなくなった。そういうわけで、シャスタはそうするつもりはなかったのに、いつのまにか最前列に立っていて、通りをやってくる一行をとてもよく見ることができたのだ。

それは、その日に見かけたほかの一行とは、ずいぶんちがっていた。先頭で「道をあけろ、あけろ」とさけんでいる先ぶれだけがカロールメン人で、ほかはナルニア人だった。しかも、貴族たちは、輿に乗っていない。どの貴族も歩いているのだ。六人ほどの男の人たちがいたが、シャスタはこんな人たちを見たことがなかった。第一に、シャスタと同じように、みんな肌が白く、ほとんどが金髪だった。しかも、カロールメン人のような服を着ていない。たいてい、ひざから下はむき出しで、深緑や明るい黄色、あるいはあざやかな青といったすてきな色合いの大きな上着を着ていた。頭にはターバンではなく、鉄や銀の帽子をかぶっており、宝石がうめこまれているものもあり、ひとつの帽子には両側に小さな翼がついていた。なにもかぶっていない者も、ちらほらいる。腰にさした剣は、長くまっすぐで、カロールメンの三日月刀のように曲がっていない。たいていのカロールメン人たちが重々しくもったいぶっているのとはちがって、この人たちは、腕を楽にふって、軽やかに歩きながら、おしゃべりをし、笑っている。口笛を吹いている人もいた。相手が親しげであれば、だれとでもなかよくなれるし、そうでない相手のことは少しも気にしない人たちなのだということがわかった。シャスタは、こんなにすてきな人たちを見たことがないと思った。

けれども、それを楽しんでいるひまはなかった。すぐにとんでもなくおそろしいことが起こったのである。金髪の男たちを率いていた人が突然シャスタを指さして、さけんだのだ。

「見つけたぞ！　家出ぼうずめ！」

男はシャスタの肩をつかんだ。つぎの瞬間、男はシャスタをピシャリとたたいた。たたかれた者が悲鳴をあげるような残酷なたたきかたではなく、いけないことをしたと教えるような、ピシャリという、たたきかたである。男は、シャスタをゆさぶりながら、こう言った。

「恥をお知りください、殿下！　なさけない！　スーザン女王の目は、殿下を思って泣きはらし、真っ赤になっていますぞ！　なんですか、一晩もほっつき歩くとは！　どこにいらしたんです？」

シャスタは、すきあらばブリーの体の下にすべりこんで、人混みにまぎれてしまおうと思ったのだが、今や金髪の男たちにとりかこまれて、しっかり取り押さえられてしまった。

もちろん、とっさに、自分はまずしい漁師アルシーシュの息子でしかなく、この外国の貴族は自分をだれかとまちがえているのだと言おうとしたが、そのとき、こんなに人が大勢いる場所でいちばんやりたくないことは、自分がだれでなにをしようとしているのかを説明することだと気づいた。もし、そんなことをはじめてしまったら、馬をどこで手に入れたのかとか、アラヴィスはだれなのかとかたずねられ、タシュバーンを通りぬけることなどできなくなってしまう。つぎに思いついたのは、目でブリーに助けを求めることだった。しかし、ブリーはこの大勢の人たちに口がきけることを教えるつもりはさらさらなく、できるかぎりばかな馬のふりをして立っていた。アラヴィスについて言えば、シャスタは、人の注意をアラヴィスにむけてしまうことを恐れて、そちらを見ることさえしたくなかった。しかも、考えるひまはなかった。さっきのナルニア人のリーダーがただちにこう言ったのである。

「若君の手をとりたまえ、ペリダン卿《きょう》、礼儀をつくして。わたしがもういっぽうの手をとろう。さあ、行こう。われらが若きいたずら者が無事に宿にもどったのをごらんになれば、姉上のお心も、大いになぐさめられよう。」

こうして、タシュバーンを通りぬける道なかばにして、すべての計画はおじゃんになり、みんなにさようならを言うチャンスさえなく、シャスタは知らない人たちの行列に連れていかれ、これからなにが起こるのかもまったくわからなくなってしまった。ナルニアの王――ほかの人たちがこのリーダーに話しかけるようすから、それは王なのだとシャスタにはわかってきた――は、シャスタに質問をしつづけた。どこにいたのか、どうやってぬけ出したのか、服はどうしたのか、そして、とてもいけないことをしたとわからないのか、と。ただ、王は、「いけない」ではなく、古めかしい「ふとどきな」という言いかたをしていた。

シャスタは、なにも答えなかった。答えてもだいじょうぶと思えることがなにも思いつかなかったからである。

「おや！　だんまりですか？」と、王は言った。「はっきり申しあげなければなりません、王子よ。そのように、ひきょうにも、だまりこくるのは、ぬけ出したこと以上に王家の血筋には似つかわしくないものです。逃げたのは、いたずらな男の子が、つい羽目をはずしてしまったと言うこともできましょうが、アーチェンランド国の王の息子ともあろう者なら、自らの行いを認めなければなりません。カロールメン国の奴隷のように、うなだれるのではなく。」

こまったことになった。というのも、シャスタはずっと、この若い王はとてもりっぱな大人だと思っていたので、できればこの人によい印象を与えたいと思ったからだ。

知らない男たちは、シャスタの両手をしっかりとつかまえて、せまい道を通り、段差の低い階段をおりて、それから別のゆるやかな階段をのぼって、白壁にある大きなアーチ型の門まで連れていった。門の両側に背の高い黒っぽい糸杉の木が一本ずつ立っている。その門をくぐりぬけると、なかは庭園になっている中庭で、きれいな水をたたえた大理石の池が中央にあり、噴水がいつも水面にさざ波をたてていた。まわりにはオレンジの木々が生えていて、地面はなめらかな芝生で、芝生をかこむ四つの白い壁は、つるバラでおおわれていた。通りの騒音やほこりや人いきれが急に遠のいたような気がした。シャスタはこの庭を足早に通りぬけ、暗い戸口へと連れていかれた。声をあげて呼ばわるカロールメン人は、外に残された。建物の廊下の石の床が、ほてった足にすばらしくひんやりと感じられた。階段をのぼっていく。

一瞬後、シャスタは、開け放たれた窓のある大きな風通しのよい部屋の明るい光のなかで、目をぱちくりさせていた。窓はすべて北むきで、日ざしは入ってこない。床には見たこともないほど美しい色合いのカーペットがしかれ、足がふかふかのコケを踏んでいるかのように、うもれた。壁際には四方ともソファーがならび、豪華なクッションが載っていて、部屋には人がいっぱいいるようだった。とてもへんな人もいるぞとシャスタは思った。しかし、そんなことを思うひまもなく、見たこともないほど美しい貴婦人が立ちあがって、シャスタに抱きついて、キスをして言った。

「ああ、コリン、コリン、なぜこのようなことを？　あなたとわたしとは、お母君が亡くなられてからずっとなかよしでおりましたのに。あなたなしで帰ったとしたら、お父君の国王陛下に、なんと申しあげればよいのでしょう？　古《いにしえ》より親交あるアーチェンランド国とナルニア国のあいだに戦争さえ起きかねません。いけません。こんなことをなさって、ほんとにいけないことよ。」

シャスタは思った。「どうやらぼくは、アーチェンランド国の王子にまちがえられてるみたいだ。アーチェンランド国なんて知らないけど。ここにいるのはナルニア人なんだな。本物のコリンはどこにいるんだろう？」

けれども、そんなことを思っても、口に出しては、なにも言えなかった。

「今までどこにいたのですか、コリン？」その貴婦人は、シャスタの両肩に手をかけて言った。

「わ――わからないよ。」シャスタは言いよどんだ。

「ずっとこんな調子なのだよ、スーザン」と、王が言った。「本当であれ、うそであれ、なんの話も教えてもらえぬ。」

「両陛下！　スーザン女王！　エドマンド王！」と、背後で声がした。ふり返って、シャスタはびっくりして、目玉が飛び出しそうになった。というのも、その声の主はこの部屋に最初に入ってきたときに目の片すみで見ていた奇妙なひとたちのひとりだったからである。背丈はシャスタと同じぐらいで、腰から上は人間なのだが、足はヤギのように毛むくじゃらで、ヤギの足の形をしていて、ヤギのひづめとしっぽがついていた。肌はかなり赤く、ちぢれた毛をしていて、先のとがった短いひげを生やし、小さな角を二本生やしていた。これこそはフォーンだったが、シャスタはその絵を見たこともなければ聞いたこともなかった。もしみなさんが『ナルニア国物語1　ライオンと魔女と洋服だんす』という本を読んだことがあれば、これこそが、スーザン女王の妹ルーシーがナルニアへまよいこんだ最初の日に出会ったあのタムナスという名前のフォーンであると言えば、おわかりになるだろう。ただし、ピーターとスーザンとエドマンドとルーシーがナルニアの王と女王となってから数年がたっており、タムナスさんは、ずいぶん老けこんでいた。

「両陛下」と、タムナスさんが言った。「若君は暑さに当てられたのです。ごらんなさい。頭がくらくらなさっています。ご自分がどこにいるのかも、おわかりではないのです。」

すると、もちろん、みんなはシャスタをしかるのをやめ、質問をするのもやめて、そっとソファーに寝かしてやり、頭の下にクッションをあてがって、金のコップに入った冷たいシャーベット水を与えて静かにしているようにと言った。

こんなことは生まれて初めてのことだった。こんなソファーほど気持ちのよいものの上に横になるなんて思ってもいなかったし、こんなシャーベット水のようなおいしいものを飲むなんて夢のようだった。それでもまだ、ブリーたちはどうしたかなと思っていて、どうやって逃げ出して墓場で落ちあえばいいかとか、本物のコリンが出てきたらどうしようとか考えていた。ただ、そうした心配事のどれも、とりあえずは気にしなくてもいいようなので、シャスタはとても居心地よく思った。それにひょっとすると、あとでおいしいものが食べられるかもしれない！

ところで、そのひんやりとした風通しのよい部屋にいた人々は、かなりおもしろいひとたちだった。フォーンのほかに、こびとがふたり（こびとなんて、シャスタは見たことがなかった）、それから、とても大きなワタリガラスがいた。そのほかは、みんな人間だった。大人だが、若く、男も女もカロールメン人よりもすてきな顔と声をしていた。やがて話の内容が聞こえてきた。

「さて、姉上」と、先ほどの王がスーザン女王（さっきシャスタにキスをした貴婦人）に話しかけた。「いかがでしょう？　この街にもう三週間もおりますが、あの色黒の恋人、ラバダッシュ王子と結婚なさるかいなか、ご決心はおつきになりましたか？」

貴婦人は首をふった。「いいえ、エドマンド。タシュバーンじゅうの宝石をもらっても結婚などいたしませぬ。」

「へえ！」と、シャスタは思った。「王さまとお妃《きさき》さまなのに、姉と弟なんだ。夫婦じゃないんだ。」

「まことに、姉上」と、王は言った。「あの者と結婚なさったら、姉上を見そこなうところでした。ティズロックの大使がこの縁談をもって初めてナルニアに参ったときも、その後、王子がケア・パラベルへお客として来たときも、姉上が王子に対してあのような好意をお示しになったのにはおどろきました。」

「あれは、私《わたくし》がおろかでした、エドマンド」と、スーザン女王。「ごめんなさいね。でも、王子がナルニアにいたときは、タシュバーンでのふるまいかたとずいぶんちがっていたのです。なにしろ、最大の王ピーターが王子のために開いたあの偉大なトーナメントと槍《やり》試合でいかほどのすばらしい活躍ぶりを見せたか、そして七日間というもの、私たちに対してとてもおだやかで礼儀正しくふるまっていたか、みなさまもご存じでしょう。でも、この自分の街ではまったくちがう顔をしていたのです。」

「あー！」と、ワタリガラスが鳴いた。「昔のことわざに言うね。クマは自分の巣に帰ったときに本性を現すって。」

「まさにそのとおりさ、キイロアシ」と、こびとのひとりが言った。「別のことわざに言うね。さあ、ともに暮らそう、そうすればおいらのことがわかるってね。」

「しかり」と、王。「今や、やつの正体はわかった。あれはものすごく高慢ちきで、血なまぐさく、ぜいたくで、残酷で、自分勝手な暴君だ。」

「では、アスランの名にかけて」と、スーザン女王。「本日、ただちにタシュバーンを発つことにいたしましょう。」

「問題がある、姉上」と、エドマンド王。「かくなるうえは、この二日以上にわたってわたしが考えてきたことを打ち明けなければならぬ。ペリダン卿《きょう》、どうかドアに気をつけて。スパイが立ち聞きしておらぬか、たしかめてくれたまえ。だいじょうぶか？　よろしい。内密の話をしなければならない。」

みんなはとても真剣なようすになった。スーザン女王は飛びあがって、弟王のもとへ走り寄った。

「ああ、エドマンド。」スーザン女王は、さけんだ。「なんなのですか？　あなたの顔には、おそろしいようすが浮かんでいます。」

第五章

コリン王子

「いとしい姉上、善良なる女王よ」と、エドマンド王は言った。「今や勇気を見せていただかなければなりません。というのも、はっきり申せば、われわれは、たいへん危険な状況にあるのです。」

「なんなのですか、エドマンド。」女王は、たずねた。

「こういうことです」と、エドマンド。「タシュバーンを発つのは容易ではないと存じます。姉上が結婚の申し出を受けると期待されているあいだは、われらは名誉ある客人です。しかし、ライオンのたてがみにかけて、姉上がはっきり拒絶なさるやいなや、囚人同様のあつかいを受けることでしょう。」

こびとのひとりが、低く口笛を吹いた。

「両陛下にご警告申しあげたではありませんか。ご警告いたしましたした」と、ワタリガラスのキイロアシが言った。「行きはよいよい、帰りはこわいってね。まるで、エビとりかごに入っちまったエビだ！」

「わたしは、今朝、王子といっしょにおりました」と、エドマンドはつづけた。「あの男は（残念ながら）自分の思いどおりにならぬことに慣れていません。そして、姉上がなかなか返事をなさらずに、はっきりせぬことをおっしゃるので、かなりいらだっていました。今朝、姉上の気持ちが知りたいと、ずいぶん強く要求され、わたしは、女の気まぐれについてよくある軽い冗談を言って――あまり期待をさせぬようにするつもりで――はぐらかして、この縁談はまとまらないかもしれぬと、ほのめかしました。王子は怒っておそろしげなようすになりました。それでも、礼儀作法の見せかけの下にごまかしてはいたが、話す言葉のはしばしに、おどしがひそんでおりました。」

「そうです」と、タムナスさん。「わたしがゆうべ大宰相と夕食をともにしたときも同じでした。最初はわたしにタシュバーンはお気に召したかとたずね、わたしが（どこもかしこも大嫌いだとも言えず、かといって、うそも言いたくなかったので）、『こうして真夏になりますと、わたしの心はナルニアのすずしい森や、露に満ちた花を恋しく思います』と答えたんだ。やつは悪意のあるほほ笑みを浮かべて、『そこへまた踊りながら帰って行きたければ行かれるがいい、小さなヤギ足男よ。ただし、われらが王子の花嫁は残していってもらうよ』と言ったんです。」

「ということは、わたしを無理やり王子の妻にしようというつもり？」スーザンはさけんだ。

「それを恐れておるのです、スーザン」と、エドマンド。「妻か、最悪、奴隷か。」

「でも、それは無理です。われらが兄である最大の王ピーターがそんな無謀を許すとでも、ティズロックは思っているのでしょうか？」

「陛下」と、ペリダン卿が王に言った。「連中も、それほどおろかではないでしょう。ナルニアに、剣や槍がないとは思わないでしょうに。」

「ああ」と、エドマンド。「おそらくティズロックは、ナルニアのことを見くびっているものと思われます。ナルニアは小さな国です。そして、大きな帝国の国境にある小さな国々は、大きな帝国の領主たちには、目ざわりなものです。王は、そうした敵を一挙に根絶やしにするか、呑《の》みこんでしまいたいのです。王子が初めてケア・パラベルに姉上の求婚者としてやって来ることを許したとき、ひょっとすると王は、われわれを攻撃する機会をさがしていただけかもしれません。おそらくは、ナルニアとアーチェンランド国の両方をひと呑みにしようというつもりでしょう。」

「やれるならやってみるがいいさ。」もうひとりのこびとが言った。「海では、われわれはだれにも負けないほど強大だ。陸で攻めようと言うなら、砂漠を越えねばならない。」

「そのとおりだ、友よ」と、エドマンド。「だが、砂漠で守りきれるだろうか。キイロアンはどう思う？」

「砂漠のことはよく知っている」と、ワタリガラス。「若いころに砂漠の上を何度も飛びまわりましたからね。」（このときシャスタは聞き耳をたてた。）「そして、自信をもって言えますが、もしティズロックが大オアシスを通って行くのなら、大軍隊を率いてアーチェンランド国へ攻めこむことはできません。一日行進すれば、その日のうちにオアシスに着くことはできるものの、兵士全員とその馬に飲ませるだけの水はオアシスの泉にはないからです。ただし、もうひとつ、道があります。」

シャスタは、さらに気をつけて耳をすました。

「そちらの道で行こうとするなら」と、ワタリガラス。「古《いにしえ》の王たちの墓場から出発して、パイア山のふたつの頂がつねに前方に見えるように北西へ進まなければなりません。そして一日かそこいら馬を走らせれば、岩だらけの谷の入り口に着くでしょう。あまりにも小さいために、その近くを何度通ろうと、そこに入り口があるとわからないくらい小さな入り口です。この谷を見下ろしても、下には、草や水といった役に立つものは見えません。しかし、谷をおりていけば川に出て、その川を伝ってアーチェンランド国にたどり着くことができるのです。」

「カロールメン国の人はその西の道を知っているのかしら？」女王がたずねた。

「友よ、友よ」と、エドマンド。「こんなことを話していてなんになる？　ナルニアとカロールメン国が戦ったらどちらが勝つかという問題ではないのだ。問題は、女王の名誉をどうやって守るのか、そしてこの悪魔の都からどうやって逃げ出すかということだ。わが兄ピーター王がティズロックをいくたび打ちやぶろうと、その勝利の日が来るずっと前に、われわれののどがかき切られ、女王陛下があの王子の妻、いや、おそらくは奴隷とされてしまっては、もともこもないのだ。」

「われわれには武器がありますぞ、国王陛下」と、最初のこびとが言った。「それに、この屋敷は守りがかたい。」

「そのことについて言えば」と、エドマンド王。「われわれのだれもが、この屋敷の門にたちはだかり、死んでも女王をお守りすると信じている。だが、結局のところ、われわれは、ふくろのネズミでしかない。」

「まさしくそのとおり」と、ワタリガラスが鳴いた。「最後の抵抗はみごとな武勇伝となりましょうが、それもむなしいことです。やつらを少し追い払えたところで、敵はかならずこの屋敷に火を放つでしょう。」

「すべての原因は、私なんだわ。」スーザン女王は、どっと泣きだしながら言った。「ああ、ケア・パラベルを離れなければよかった。カロールメンからあの大使たちが来るまでは、とてもしあわせだったのに。モグラたちが果樹園を作ってくれて……ああ、ああ……。」女王は、両手で顔をおおってすすり泣いた。

「元気を出して、スー、泣かないで」と、エドマンド。「いいかい――おや、どうしたんだい、タムナスさん？」

フォーンのタムナスさんは、両手で二本の角をにぎりしめ、まるで頭がとれないようにと、ぎゅっと角で頭を押さえつけるようにしてかかえこみ、おなかが痛いかのように体をよじっていたのだ。

「話しかけないで、話しかけないでください」と、フォーン。「考えているんです。息もつけなくなるほど考えているんです。待って、待って、待ってください。」

一瞬、みんなわけがわからないまま、だまりこんだ。すると、フォーンは、顔をあげて大きく息を吸い、額をぬぐってから、こう言った。

「ただひとつの問題は、どうやって船のところまでたどりつくかということです。見つからずに、呼びとめられることもなしに——荷物も持って。」

「そうだ」と、こびとが冷ややかに言った。「一文なしの者が乗馬をする際にただひとつの問題は、馬がないというようなものだな。」

「待って。待って。」タムナスさんは、じれったそうに言った。「必要なのは、ただ今日、船のところまで行って、荷物を積みこむ口実だけなんです。」

「どういうことかな？」エドマンド王が、いぶかしそうに言った。

「こういうことです」と、タムナスさん。「あの王子を、明日の晩、われらのガレオン船、スプレンダー・ハイアライン号での大宴会へ招待することにしたらどうでしょう？　そして招待状には、女王陛下が結婚を約束するとは言い切らずに、結婚を承諾してくださるのではないかと希望を持たせるような内容をじょうずに書くのです。」

「これはとてもよい提案ですぞ、陛下」と、ワタリガラスは鳴いた。

「そうしたら」と、タムナスさんは興奮してつづけた。「ぼくたちが一日じゅう船のところに行ってお客さまを迎える準備をするのはあたりまえになるでしょう。市場まで出かけて、本当に大ごちそうの準備をするときのように、ありったけのお金を使って、フルーツや、砂糖菓子や、ワインを買いそろえてもいい。魔法使いや、軽業師や、踊り子たち、笛吹きたちに、明日の晩、船に来るように命じるのです。」

「なるほど、なるほど。」エドマンドは両手をもみながら言った。

「それから」と、タムナスさん。「今晩われわれは船に乗りこみ、暗くなったら――」

「帆をあげて、オールを手にし――！」と、王。

「海へ出るのです！」タムナスさんは飛びあがって、踊りだしながらさけんだ。

「そして北へむかうのだ。」最初のこびとが言った。

「ふるさと目指して！　ナルニア万歳、北の方万歳！」もうひとりのこびとが言った。

「翌朝、王子は目をさまして、小鳥たちが逃げてしまったと気づくわけだ」と、ペリダン卿《きょう》が手をたたいて言った。

「タムナスさん、いとしいタムナスさん。」スーザン女王は、その両手をつかみ、踊るタムナスさんといっしょにぐるぐるまわった。「あなたは、みんなの命の恩人だわ。」

「王子は、追ってくるでしょうね」と、別の貴族が言った。その人の名前は、まだシャスタには聞こえていなかった。

「そんなことは、恐れるに足りない」と、エドマンド。「川に浮かぶ船をぜんぶ見たけれど、大きな軍艦もなければ、すばやいガレー船もなかった。追ってくるがいいさ。たとえ追いつかれたとしても、スプレンダー・ハイアライン号は、王子の追っ手をしずめてしまうだろうよ。」

「陛下」と、ワタリガラスが言った。「たとえ七日間協議をつづけても、このフォーンの計画ほどよいものは出ないでしょう。そして今、われわれ鳥の格言にありますように、『卵を産む前に巣を作れ』です。すなわち、みんな食事をして、それからすぐ準備にかかるべきだということです。」

　これを聞くと、みんなは立ちあがり、ドアがあけられ、貴族たちやそのほかの生き物たちは王と女王が先に出られるように道をあけた。シャスタは、自分はどうしたらよいだろうと思ったが、タムナスさんにこう言われた。

「そこにお休みになっていてください、殿下。今すぐちょっとしたごちそうをお持ちしましょう。船に乗る準備が整うまで、殿下が動かれる必要はございません。」

　シャスタは、もう一度まくらに頭をおろした。やがて部屋には、シャスタ以外だれもいなくなった。

「これは、えらいことになったぞ」と、シャスタは思った。でも、このナルニア人たちに本当のことを話して助けを求めようとは、シャスタには思いつかなかった。獣のようながんこで乱暴なアルシーシュに育てられたために、できるだけ大人にも言わないくせがついていたのだ。大人はいつも、子どものやることをやめさせるか、だめにしてしまうと、シャスタは思っていた。たとえ、あの二頭の馬が、ものを言うナルニアの動物であるために、ナルニアの王があの馬たちにやさしくしてくれたとしても、アラヴィスがカロールメン国の少女であるために嫌われるかもしれないし、奴隷として売られたり、父親のもとに送り返されたりするかもしれない。それに自分自身のことについては、「コリン王子ではないなんて絶対に言わないぞ」と、シャスタは思っていた。

「今の計画をしっかり聞いてしまったもの。ぼくがみんなの仲間じゃないとわかったら、この屋敷から生かして出してはくれないだろう。ティズロック王に告げ口をすると思われて、殺されるかもしれない。本物のコリンが出てきたら、なにもかもわかって、そしたら殺されてしまう！」

みなさんにはおわかりのとおり、気高く自由な心根のナルニア人がどのようにふるまうかということを、シャスタはまったく知らなかったのだ。

「どうしよう？　どうしたらいいんだろう？」シャスタは言いつづけた。「どうし——おや、あのヤギみたいな小さな人がまたやってきた。」

フォーンが、なかば踊るようにして、自分の体と同じぐらい大きなおぼんを両手に持って駈《か》けこんできた。それをシャスタのソファーのとなりの象眼細工のテーブルの上に置いて、そのヤギのような足でカーペットの床にあぐらをかいた。

「さあ、王子さま」と、タムナスさん。「たっぷり召しあがってください。タシュバーンでの最後のお食事となりますよ。」

それはカロールメンふうのすばらしいごちそうだった。みなさんがその食事をおいしいと思うかどうかはわからないが、シャスタは大満足だった。ロブスターがあって、サラダがあって、アーモンドやトリュフのつめものをしたシギ料理があって、鶏《とり》レバーと米とレーズンとナッツで作られた手のこんだ料理があって、冷たいメロンと、すぐりのデザートや、くわの実のデザートがあって、いろいろな種類のおいしい氷菓子がどっさりあった。本当は黄色い色をしていたが、「白」ワインの入った小さな容器もあった。

シャスタが食べていると、まだ暑さに当てられたシャスタの頭がくらくらしているのだろうと思ったこの親切で小さなフォーンは、ナルニアに帰ったらどんなにすてきかを話しつづけてくれた。コリンの善良な父親であるアーチェンランド国のルーン王のことや、王が山道の南側にある小さなお城に住んでいることも話してくれた。

「それから、忘れてはいけません」と、タムナスさんは言った。「殿下のつぎの誕生日には、初めての鎧《よろい》と初めての軍馬がプレゼントされるでしょう。そうしたら殿下は、槍《やり》試合のしかたをならうのです。順調にいけば、数年後に、ピーター王がお手ずから、ケア・パラベルにおいて殿下に騎士の称号をお授けになるとルーン王にお約束なさっておられました。いっぽう、ナルニア国とアーチェンランド国のあいだには、峠を越えて多くの行き来があることでしょう。そしてもちろん、夏祭りのあいだには一週間わたしの家にご滞在なさるとお約束なさったことを忘れないでください。森の奥でかがり火をたいて、フォーンたちと木の精ドリュアスたちとが、一晩じゅう踊るのです。ひょっとすると、アスランご自身もいらっしゃるかもしれませんよ！」

食事がおわると、タムナスさんは、シャスタに静かに横になっていてくださいと言った。「少しお眠りになるのがよいでしょう。船に乗っていただくのに間に合うように、早めに起こしてさしあげます。それから、帰るのです。目指すはナルニア、北の方！」

シャスタは食事をすっかり楽しんだし、タムナスさんの話もおもしろかったので、またひとり残されたときには考えかたが変わっていた。今や本物のコリン王子がすぐに現れないでほしい、そして船でナルニアへ連れていってほしいとだけ思うようになったのだ。本物のコリンがタシュバーンに取り残されたらどうなるかなんて考えもしなかった。墓場のところで自分を待っているはずのアラヴィスとブリーのことが少し気がかりだったが、「でも、しょうがない。アラヴィスは、自分のことをぼくなんかよりずっとえらいと思っているんだから、ひとりで行けばいいんだ」と考えた。それに、砂漠をえっちらおっちら行くよりも、船でナルニアに行くほうが、ずっとすてきだと思わずにはいられなかったのだ。

そんなことを考えながらシャスタはどうしただろうか。みなさんだったら、とても早起きをしてたくさん歩いて、ものすごくわくわくして、おいしい食事をたっぷり食べて、大きく開いた窓から入ってきたハチの羽音以外なんの音もしないすずしい部屋のソファーに横になっていたらどうするだろう。そう、シャスタは、眠ってしまったのだ。

ガシャンという大きな音がして、目をさましたシャスタは、ソファーから飛び起きて、目をこらした。部屋の明かりやかげのようすがすっかり変わっているので、何時間も眠っていたとすぐにわかった。それから、なんの音だったのかもわかった。窓枠のところに置いてあった高価な陶器の花瓶が、床の上に三十個ほどの破片となって割れていた。しかし、そんなことはどうでもよいことだった。それよりも気になったのは、外から窓枠をつかんでいるふたつの手だった。手にはぎゅっと力がこめられ（げんこつのところが白くなっている）、それから頭と両肩がパッとあがってきた。一瞬のうちに、片足を部屋の内側にかけて、シャスタと同じ年ごろの男の子が窓枠にまたがっていた。

シャスタは自分の顔を鏡で見たことがなかった。見たことがあったとしても、その少年が自分とそっくりだと気がつかなかっただろう。そのときこの少年は、目にとんでもなく大きなくまをこさえていて、歯が一本ぬけていて、着たときにはりっぱだったはずの服もちぎれてよごれていたうえに、顔には血と泥がついていたので、だれかに似ているとはとても言えなかったのだ。

「きみはだれ？」男の子は、ささやいた。

「きみはコリン王子かい？」シャスタは、たずねた。

「うん。もちろん、そうだよ。」相手は言った。「だけど、きみはだれ？」

「ぼくは、だれでもない。名乗るような者じゃないんだ」と、シャスタは答えた。「エドマンド王が通りでぼくをつかまえて、きみとまちがえたんだ。ぼくたち、似ているんだと思うよ。きみが入ってきたところから、ぼく、逃げ出せるかな？」

「うん、壁を這《は》っておりるのがじょうずならね」と、コリン王子。「でも、なにを急いでいるんだい？　だってさ、ぼくとまちがえられちゃうくらいなら、おもしろいいたずらができそうじゃないか。」

「いやいや」と、シャスタ。「すぐに入れ替わらなくちゃ。タムナスさんが帰ってきて、ぼくたちふたりがここにいるのを見つけたら、たいへんなことになるよ。ぼく、きみのふりをしてなきゃいけなかったんだ。きみ、きのう、こっそりいなくなっちゃっただろ？　どこにいたんだい？」

「通りにいた子が、スーザン女王のことで、ひどい冗談を言ったんだ」と、コリン王子。「だから、なぐってやった。やつはわめいて、うちに駆けこんだら、そいつの兄貴が出てきたんだ。だからぼく、その兄貴もやっつけてやった。そしたら、ふたりで追いかけてきたから、ぼくは逃げてって、槍を持った《番兵》とかいうじいさん三人にぶつかった。それで、番兵ともけんかしたら、ぼく、やられちゃった。外はもう暗くなってて、ぼくをどこかに閉じこめようと連れていかれそうになったから、酒でも飲まないかと聞いてやったら、飲んでもいいって言うから、酒場に連れていって飲ませてやったら、みんな、すわりこんで、酔っぱらって寝ちまったんだ。ぼくはずらかろうと思って、こっそりと逃げ出したら、最初の子がまだぶらぶらしているのを見つけたんだ。このさわぎの元凶のやつさ。だからぼくは、またそいつをやっつけてやった。それから、ある家のといを伝って屋根にのぼって、朝明るくなるまでじっと待ってたんだ。それから、ずっと帰り道をさがしてた。ねえ、なにか飲みものないかな？」

「ないよ。ぼくが飲んじゃった」と、シャスタ。「さあ、どうやって入ってきたのか教えておくれ。ぐずぐずしていられないよ。きみはソファーに横になって、ぼくのふりを――あ、忘れてた。そんなに体じゅうあざだらけで、目が真っ黒になってちゃ、しょうがないな。ぼくがすっかり遠くに行ってしまったら、本当のことを話さなきゃだめだね。」

「本当じゃないことを話すとでも思ったのかい？」王子はかなり怒った表情でたずねた。「それに、きみはだれなんだい？」

「時間がないんだ。」シャスタは大あわてで、ささやいた。「ぼくはナルニア人だ、と思う。とにかく、北の国の生まれだ。でも、ずっとカロールメン国で暮らしてきた。ぼくは、逃げているとちゅうなんだ、砂漠のむこうに。ブリーという口がきける馬といっしょに。さあ、急いで！　どうやっておりればいいんだい？」

「いいかい」と、コリン王子。「この窓からベランダの屋根に飛びおりるんだ。でも、そっとやらないとだめだよ。かかとをつけないで。さもないと、だれかに音を聞かれてしまうからね。それから左へ行けば、あの壁の上にあがれるよ。這いあがるのが、じょうずならね。それから、壁を伝って角まで行って、外にあるごみの山に飛びおりればいいのさ。」

「ありがとう。」シャスタは、もうすでに窓枠にまたがっていた。ふたりの少年はたがいの顔をのぞきこみ、突然なかよしになれると思った。

「バイバイ」と、コリン。「がんばってね。無事に逃げられるように、祈ってるよ。」

「バイバイ」と、シャスタ。「だけど、きみ、大冒険をしたんだね。」

「きみほどじゃないさ」と、コリン王子。「さあ、飛びおりろよ、そっとね。おい。」

シャスタが飛びおり、王子は言った。「アーチェンランド国でまた会えるといいな。ぼくのお父さんのルーン王のところへ行って、ぼくの友だちだって言えよ。気をつけて。だれか来たぞ。」

第六章

シャスタ、墓場へやってくる

シャスタは、爪先《つまさき》立って、軽やかに屋根の上を走った。はだしには、屋根は熱く感じられた。つきあたりの壁をほんの数秒でよじのぼり、角まで来ると、下には、せまくてひどいにおいのする通りがあった。コリンが教えてくれたとおり、壁の外側にごみの山がある。シャスタは飛びおりる前に、ここがどこなのかと思って、さっとあたりを見まわした。どうやらタシュバーンの街がある島のてっぺんの高台のようだ。平屋根の下にまた平屋根がある。ここがいちばん高く、あたりのものは街の北側の塔や壁にむかってどんどん低くなっている。北の街の壁のむこうには川があり、川のむこうには果樹園でおおわれた小さな斜面があった。けれども、そのむこうに、見たこともないものがあった。静かな海のように平らで、黄ばんだ灰色の地面が何キロも何キロもずっとひろがっている。そのずっとむこうに、大きな青いものがあり、でこぼことしていて、ところどころ上のほうが白くなっている。

「砂漠だ！　山脈だ！」シャスタは思った。

ごみの山に飛びおりて、坂の下へむかってせまい道を全速力でくだっていくと、やがて、人通りの多い大きな道へ出た。はだしで走っているぼろ服を着た少年のことなど、だれも気にしない。それでもシャスタは心配になって、角を曲がって街の門が見えてくるまでおちつかなかった。大勢の人が街の門から出て行こうとしていたので、シャスタは押されて、少しもみくちゃにされた。街の門を越えた橋の上では、人混みはゆっくりと進んでいて、雑踏というより行列のようだ。ここまでくると、タシュバーンの街の悪臭と熱気と喧騒《けんそう》もなく、橋の両側にはきれいな水が流れているし、すがすがしく感じられた。

橋をわたりきると、人混みはスーッと消えていった。みんな、川岸に沿って右や左へと散っていったのだ。シャスタは、果樹園と果樹園のあいだを通る、あまり人が使っていないような坂道をまっすぐ進んだ。数歩歩くと、ひとりきりになり、さらに数歩歩くと、坂の上に出た。そこでシャスタは立ちどまって、じっと目の前を見つめた。まるで世界のおわりに来たようだった。これまで生えていた草は、ここでぷっつりとおわっていて、その先は、どこまでも平らな砂が海のようにひろがっているのだ。砂は一度も水に洗われたことがないために、少し粗い感じだった。前方にそびえる山脈は、さっきよりもずっと遠くに見えた。左のほうには、歩いて五分ほどのところに、ブリーが教えてくれたとおりの墓場らしき場所が見えたので、シャスタはほっとした。

巨大なハチの巣のような、ただ、ずっと細長い形をした岩のかたまりがならんでいる。ただ、ハチの巣ほど太くはなかった。太陽が墓場のむこうにしずもうとしていたため、立ちならぶ岩はどれも真っ黒で陰気に見えた。

　シャスタは、西をむいて、墓場のほうへ走った。友だちが見えないかなと思って、一所懸命目をこらしたが、西日が顔にさしこんできて、ほとんどなにも見えなかった。

「ともかく」と、シャスタは考えた。「みんなは、街から見えてしまうこちら側なんかにいなくて、どうせいちばん遠くの墓のむこう側にまわりこんでいるんだろう。」

　墓は十二ほどあって、どの墓にも低いアーチ型の入り口がついており、なかは真っ暗だった。墓はてんでんばらばらに散らばっていたため、ひとつひとつの墓をまわってぜんぶをたしかめるにはずいぶん時間がかかった。それをシャスタは、しんぼう強くやってのけたが、だれも見つからなかった。

　砂漠のはしは、ずいぶん静かだった。太陽も、すっかりしずんでしまった。

　ふいに、うしろのほうからすさまじい音がした。心臓が飛びあがる思いがして、シャスタは、さけび声をあげないように舌を噛《か》まなければならなかった。つぎの瞬間、それがなんなのかわかった。タシュバーンの門が閉まることを告げる角笛の音だ。

「びくびくして、ばかだな。」シャスタは自分に言った。「今朝聞いた音と同じじゃないか。」

けれども、今朝、友だちといっしょに門からなかへ入るときに聞いた音と、夜、門から閉め出されて、ひとりぼっちになって聞く音ではずいぶんちがっていた。門が閉まった今となっては、今夜友だちといっしょになれるチャンスはなくなったと、シャスタにはわかった。

「みんなは、タシュバーンに今晩足どめを食らったか、さもなければ、ぼくをおいて行ってしまったんだ。アラヴィスのやりそうなことだ。だけど、ブリーはそんなことはしない。ああ、するもんか。するかなぁ?」

アラヴィスについてシャスタの考えたことは、実は、まちがっていた。アラヴィスは、ほこり高く、がんこかもしれないが、鋼のように誠実で、仲間を――その友だちが好きか嫌いかはともかく――見捨てることなど決してしないのだ。

どうやら今晩はひとりですごさなければならないとわかると(どんどん暗くなってきていたし)、この場所がますます嫌に感じられた。あの大きな、物言わぬ石の形にはどこかぎょっとさせられた。死食鬼のことを考えないようにしようと、ずっとがんばっていたのだったが、もう無理だった。

「うわ、わわわ。助けて!」なにかが足にふれた気がして、シャスタは、ふいにさけび声をあげた。なにかがうしろから急に来てさわったものだから、さけんだのも無理はない。そうでもなくても、こわい場所にそんな時間にいたのだから、おびえきっていたのだ。ともかくシャスタは、ちぢみあがってしまって、逃げ出せなかった。こわくて見られないようなものに追いかけられて、古《いにしえ》の王たちの墓場を逃げまわるなどということはしたくはないものだ。シャスタは、とても賢明なことをした。ふり返ったのだ。そして、ほっと胸をなでおろした。さわったのは、ただのネコだった。

あたりはすっかり暗くなっていたので、それが大きくて、とてもりっぱなネコだということ以外はよくわからなかった。この墓場で、ひとりっきりで長いあいだ生きてきたようだ。その目を見ると、話して聞かせてはくれない秘密を知っているように思えた。

「ネコちゃん、ネコちゃん」と、シャスタは言った。「きみは、口がきけるネコじゃないよね。」

ネコはさっきよりもさらにまじまじとシャスタを見つめた。それから、歩きだしたので、もちろん、シャスタもついていった。ネコは、墓場をぬけて、砂漠のほうへとシャスタを連れていく。そして、しっぽを足もとで体のまわりにくるりと巻きつけて、前足と顔を砂漠のほう、ナルニアがある北のほうへむけてすわった。なにか敵を見張るかのように、じっと。シャスタは、そのとなりで、ネコに背中をつけ、墓のほうをむいて横になった。人は心配なとき、こわいもののほうに顔をむけて、温かくてしっかりしたものに背をつけていたいものだからだ。砂はあまり心地よいものではなかったが、シャスタはもう何週間も地面に寝ていたので、あまり気にしなかった。やがて眠りに落ちたが、夢のなかでも、ブリーとアラヴィスとフィンはどうしたんだろう、と思いつづけていた。

突然、聞いたこともない音がして、目がさめた。

「ひょっとすると、ただの悪夢だったのかも」と、シャスタは思った。同時に、ネコが背中からいなくなっていることに気づいた。ネコにいなくなってほしくなかったが、シャスタはじっと横になっていた。身を起こして墓場を見まわして、ひとりぼっちだと感じるのはこわかったからだ。おふとんを頭にかぶってじっとしているような感じだ。けれども、また、さっきの音がした。背後の砂漠から、するどくつき刺すようなさけび声がしたのだ。こうなると、さすがのシャスタも目をあけて、体を起こした。

月が明るく照っていた。墓場は思ったよりもずっと近くに、ずっと大きく、月の光を浴びて灰色にそびえていた。実際のところ、灰色の布を頭からかぶった巨人のようにおそろしく見えた。知らない場所で、ひとりっきりで夜をすごしているときに、近くにあってほしくないものだ。けれども、さっきの音は、反対側の砂漠のほうから聞こえた。シャスタは墓場に背をむけて（あまりそうしたくはなかったのだが）平らな砂のむこうを見つめた。荒々しいさけび声がまたひびいた。

「またライオンじゃなければいいんだけれど」と、シャスタは思った。たしかに、フインとアラヴィスに会ったときの夜に聞いたライオンのさけびのようではなかった。それは、本当はジャッカルの声だったのだ。でも、シャスタは、そうとは知らなかった。知っていたとしても、ジャッカルに会いたいとは思わなかっただろう。さけび声は、何度も聞こえてきた。「なんだか知らないけど、何頭もいるな」と、シャスタは思った。「しかも、近づいてくる。」

もしシャスタが本当にしっかりした子だったら、墓場を通りぬけて、家々のある川に近づけば、獣は寄ってこないと考えたことだろう。けれども、シャスタは、死食鬼《グール》のことを考えていた。墓場を通りぬけることは、墓場にある、あの暗い入り口の前を通るということだ。あそこからなにが出てくるのだろう？　ばかげているかもしれないが、シャスタは、獣に会うほうがましだと思ってしまった。けれども、さけび声がどんどん近づくと、考えを変えた。

墓場にむかって走りだそうとしたまさにそのとき、砂漠とシャスタのちょうどあいだに巨大な動物が現れた。月を背にして真っ暗に見え、とても大きな毛だらけの顔をして、四つの脚で進むということしか、シャスタにはわからなかった。動物は突然立ちどまって、砂漠のほうに頭をむけ、墓場じゅうにとどろくほど大きな吼《ほ》え声をあげると、シャスタの足の下の砂さえふるえたように思った。ジャッカルのさけび声は急にしなくなり、逃げさる足音が聞こえたように思った。それからその巨大な動物は、シャスタを調べに近づいてきた。

「ライオンだ。ライオンにまちがいない」と、シャスタは思った。「もうだめだ。食べられるのは痛いかな。早くおわってほしい。死んだら、そのあとでなにかあるのかな。ああ！　やってきたぞ！」シャスタは目を閉じて、歯を食いしばった。

ところが、シャスタが感じたのは、歯や爪ではなかった。なにか温かいものが、足もとに横になったのだ。目をあけて、シャスタは言った。「なんだ、思ったほど大きくないぞ。半分ぐらいだ。いや四分の一もない。ただのネコじゃないか。馬ほど大きいと思ったのは、夢を見ていたにちがいない。」

本当に夢を見ていたのかどうかわからないが、足もとに横になってその大きな緑色のまたたきしない目でじっとシャスタを見つめていたのは、さっきのネコだった。ただ、たしかに見たこともないほど大きなネコだった。

「ああ、子ネコちゃん。」シャスタは、あえいだ。「また会えて本当にうれしいよ。ひどい夢を見ていたみたいだ。」そして、さっとふたたび横になると、さっきと同じように、ネコに背中をつけた。その温かさがシャスタの体にしみわたった。

「これからは絶対ネコに悪さはしないぞ。」シャスタは、半分はネコに、半分は自分にむかって言った。「前に一度やったことがあるんだ。おなかをすかせた年寄りの野良ネコに石を投げちゃった。おい、やめろよ。」

ネコがこちらをむいて、シャスタをひっかいたのだ。

「やめろったら。まるで、ぼくが言ってることがわかるみたいだな。」

それからシャスタは、いつしか眠りに落ちた。

あくる日の朝、目がさめると、ネコはいなくなっていた。日は高くのぼっており、砂は熱くなっていた。シャスタは、とてものどがかわいていて、起きあがって目をこすった。砂漠は目がくらむほどまっ白で、うしろの街からは、かすかな音が聞こえていたが、シャスタのいるところはまったく静かだった。日ざしが目に入らないように、少し左の西のほうを見ると、砂漠のかなたにある山脈がまるで石を投げれば届くほど近くにあるかのように、くっきりはっきりと見えた。とくに山頂がふたつの峰に分かれている青々とした山が目に入り、あれがパイア山にちがいないと思った。

「ワタリガラスによれば、あっちが目的の方角だ」と、シャスタは思った。「みんなが来たときに時間がむだにならないように、すぐわかるようにしておこう。」

シャスタは、パイア山のほうをまっすぐに指す、深いみぞを足で地面に刻んだ。

つぎにやらなければならないのは、なにか食べものと飲みものを手に入れることだった。墓場のあいだを走ってもどると、墓場は今ではすっかりあたりまえに見え、どうしてあんなにこわかったんだろうと、シャスタは思った。それから、川辺の果樹園へ行った。街の門が開いてから数時間たっていて、朝早く集まっていた人たちは、すでに街のなかに入っていたために、少し人かげはあったものの、さほど人はいなかった。そこでブリーの言う「襲撃」をちょっとやるのはむずかしくなかった。果樹園の壁をよじのぼって越えてオレンジを三つに、メロンをひとつ、イチジクをひとつかふたつ、それからザクロをひとつ手に入れた。そのあとで、橋に近くない川岸にもどり、水を飲んだ。水はとてもおいしくて、シャスタはよごれて暑苦しい服を脱ぎ、水浴びをした。ずっと川べりに暮らしていたシャスタは、もちろん歩けるようになると同時に、泳ぎも覚えたのだった。水から出ると、芝生に横になって、川のむこうのタシュバーンをながめた。かがやかしく力と栄光にあふれた大都市だった。けれども、だからこそ危険なのだと、シャスタは思った。ふと、自分が水浴びをしているあいだにみんなが墓場に来ているのではないかと思って（そして、ぼくを待たずに行ってしまったかもしれないと思って）びくびくしながら服を着て、大あわてでもどって行ったために、着いたときには大汗をかいて、のどがかわいていて、水浴びをした意味がまったくなくなってしまった。

ひとりぼっちでなにかを待っているときはたいていそうだが、一日が百時間もあるように思われた。もちろん考えることはたくさんあったが、たったひとりですわっていると、考えもなかなかまとまらない。シャスタは、きのう出会ったナルニア人のことや、とりわけコリン王子のことをよく考えた。ソファーに横になってナルニア人たちの秘密の計画を聞いていた少年が、本当はコリンではなかったとわかったとき、どうなっただろう。あの親切な人たちが自分のことを裏切り者と思ったりしたら嫌だなぁと思った。

けれども、太陽がゆっくりゆっくりと空にのぼって行き、それからまたゆっくりゆっくりと西のほうへしずんでいっても、だれも来ず、なにも起こらないので、シャスタはますます心配になってきた。もちろん墓場で待ち合わせをしようと決めたとき、いつまでとは決めていなかったと、シャスタは今では気がついていた。とは言っても、いくらなんでも一生待ちつづけているわけにはいかない。もうすぐまた暗くなり、ゆうべのような夜がやってくるのだ。シャスタの頭にはたくさんの計画が浮かんだが、どれもなさけないものばかりで、とうとうシャスタは、そのなかでもいちばんひどい計画を実行することにしてしまった。暗くなるまで待って、それから川へ行き、運べるだけのメロンをぬすんでから、午前中に砂に刻んだみぞをたよりに方角を決めて、ひとりでパイア山へむかおうというのだ。めちゃくちゃな計画であり、みなさんのように砂漠での旅に関する本をたくさん読んだことがあったら、そんなことをしようとは思わなかっただろう。シャスタは、本というものを読んだことがなかったのだ。

ところが、日がしずむ前にあることが起こった。シャスタが墓のかげにすわって、顔をあげると、二頭の馬がこちらにむかってやってくるではないか。シャスタの心臓がドキンと飛びあがった。ブリーとフィンだ。ところがつぎの瞬間、シャスタの心臓はふたたび足の先まで落ちこんだ。アラヴィスの姿がどこにもない。馬を引いているのは、知らない男の人だ。りっぱな家につかえる上級奴隷のような小ぎれいなかっこうをした、武装した男だった。ブリーとフィンはもはや荷物を引く馬のようなかっこうをしておらず、鞍《くら》を置かれ、馬具をつけられていた。これは、いったいどうしたことだろう？

「罠《わな》だ」と、シャスタは思った。「だれかがアラヴィスをつかまえて、ひょっとすると拷問にかけられて、なにもかも話してしまったのかもしれない。ぼくが飛びあがって駈《か》け寄ってブリーに話しかけたとたんに、ぼくもつかまるんだ。でも、もし、ぼくがそうしなかったら、アラヴィスたちに会うチャンスがなくなるかもしれない。なにがあったのか、わかったらなあ。」

シャスタは、墓のかげにこっそりかくれ、刻一刻ようすを見張りながら、出ていったものかどうかと考えていた。

第七章

タシュバーンのアラヴィス

本当に起こったことは、こういうことだった。シャスタがナルニア人たちに連れされて、アラヴィスが二頭の馬と取り残されたとき、馬たちはかしこくもひとことも声を出さなかった。アラヴィスも一瞬たりとて冷静さを失わず、ブリーの綱をつかんで、二頭の馬を押さえながら、じっとしていたのだ。心臓は早鐘のように打っていたが、おくびにも出さなかった。ナルニアの貴族たちが通りすぎると、自分もまた進もうとしたが、歩きだす前に、また先ぶれのさけび声が聞こえたのだ。（嫌になるわ、とアラヴィスは思った。）

「あけろ、あけろ、道をあけろ。タルキーナ、ラザラリーンさまに道をあけろ！」ただちにさけび手のあとから、四人の武装した奴隷たちがやってきて、それにつづいて、絹のカーテンがひらめき、銀の鈴がジャンジャンと鳴る輿《こし》を運ぶ四人の男たちがやってきた。輿が通ると、通りじゅうがそこからただよう香と花の香りに満たされた。輿のあとからは、美しい服を着た女の奴隷たち、それから何人かの従者、走り手たち、小姓といった人々がつづいていた。アラヴィスが最初のまちがいをしたのは、このときだった。

アラヴィスは、輿に乗ったラザラリーンのことを、とてもよく知っていた。同じ屋敷でいっしょに泊まることもよくあり、同じパーティーに出たこともあったので、クラスメートのようになかよしだったのだ。ラザラリーンが結婚をして、とてもりっぱな人になった今、どんなようすをしているのかと、アラヴィスはつい顔をあげて見てしまった。

取り返しのつかぬことになった。ふたりの少女の目と目が合い、ただちにラザラリーンは輿の上で身を起こして、声をかぎりにさけんだのだ。

「アラヴィス！　なんだって、こんなところにいるの？　あなたのお父さまが——」

ぐずぐずしてはいられなかった。一瞬も躊躇《ちゅうちょ》することなく、アラヴィスは馬たちを放し、輿のはしをつかんでラザラリーンのとなりに飛びあがると、その耳もとでものすごい勢いでささやいた。

「だまって！　おねがい！　だまってちょうだい。わたしをかくまって。家来たちに言って——」

「だけど、あなた——」ラザラリーンは、あいかわらず大声で話し出した。（人からじろじろ見られることをまったく気にしない性格なのだ。本当のことを言えば、見られるのが好きだったのだ。）

「言ったとおりにしてくれないと、二度と口をきかないわよ。」アラヴィスは怒った。「おねがい。おねがいだから、急いで、ラズ。ものすごく大切なことなの。あなたたちの家来に言って、あの二頭の馬を連れてきてちょうだい。輿のカーテンをぜんぶおろして、わたしが見つからないところへ行ってちょうだい。大急ぎで。」

「わかったわよ、あなた。」ラザラリーンは、めんどうくさそうな調子で言った。それから、奴隷たちにむかって、「あなたたちのうちのふたり、このタルキーナの馬二頭を連れてきなさい」と言った。

「さ、屋敷へやってちょうだい。ねえ、あなた、本当にこんないい天気なのに、カーテンをぜんぶ閉める必要があるかしら。だって――」

ところが、アラヴィスは、カーテンをすべて閉めおえていた。ラザラリーンとアラヴィスは、香のたきしめられた、少し息のつまるテントのようなぜいたくな輿のなかで、ふたりきりになったのだった。

「だれからも見られたくないの」と、アラヴィス。「父はわたしがここにいることを知らないわ。わたし、逃げているの。」

「まあ、わくわくする話ね！」と、ラザラリーン。「その話、聞きたくてたまらないわ。あなた、あたしのドレスの上にすわってるわよ。ちょっとどいてちょうだいな。それでいいわ。この服、新しいのよ。どう、気に入った？ これね、実は——」

「ああ、ラズ、真剣になってよ」と、アラヴィス。「わたしの父は、今どこ？」

「知らないの？」と、ラザラリーン。「もちろん、ここにいらっしゃるわよ。きのう、街にいらして、あちこち、あなたのことをたずねていらしたわ。あたしといっしょにあなたがここにいるというのに、お父さまがご存じないなんてねえ！ そんなおかしな話、聞いたことないわ。」それから、クックックッと笑い出した。ラザラリーンがひどい笑いじょうごだったことを、アラヴィスは今、思い出した。

「ちっともおかしくないわよ」と、アラヴィス。「ひどくまじめな話なんだから。どこにかくしてくれるの？」

「まったく問題ないわよ、あなた」と、ラザラリーン。「わたしの家に連れてってあげる。夫は留守だから、だれにも見られないわ。あーあ！ つまんない、カーテンなんておろしちゃって。あたし、外を見たいのに。新しい衣装を着てても、こんなに閉めきってちゃ、意味ないわ。」

「あんなふうにわたしにむかってさけんだとき、人に聞かれてなかったらいいんだけど」と、アラヴィス。

「だいじょうぶよ、もちろん、あなた。」ラザラリーンは、ぼんやりと言った。「だけど、衣装のことをどう思うか、まだ言ってくれてないじゃない。」

「それから、もうひとつ」と、アラヴィス。「あの二頭の馬をとても敬意をこめてあつかうように、家来たちに言ってちょうだい。それも秘密なんだけど、あの二頭は、本当はナルニアから来た、口をきく馬たちなの。」

「すごいわ！」と、ラザラリーン。「なんてわくわくするんでしょう！　あ、そういえば、あなた、ナルニアから来た野蛮な女王を見た？　今タシュバーンに泊まってるのよ。ラバダッシュ王子がその女王にお熱らしいわ。この二週間ほど、盛大なパーティーや狩りなんかがあったのよ。あの人、それほどきれいだと思わないけど。でも、ナルニアの男の人たちは、すてきね。おととい、川でのパーティーに連れていってもらったんだけど、あたしが着ていったのは――」

「あなたの家にお客が――それも、物ごいの子みたいなかっこうをしたのが――来てるってことを、あなたの家の者が人にもらさないようにするには、どうしたらいいの。もれたら、すぐに父の耳に入ってしまうかもしれない。」

「そんなに大さわぎしないでよ、いい子だから」と、ラザラリーン。「すぐにちゃんとした服を着せてあげるわ。さあ、着いたわよ！」

家来たちが立ちどまり、輿が下ろされた。カーテンがあけられると、そこが中庭だとアラヴィスにはわかった。ちょうど、数分前にシャスタが連れていかれた街の別の場所にある中庭ととてもよく似ていた。ラザラリーンは、すぐに家のなかに入りたかったが、「見慣れぬ客が来たことをだれにも話さないようにと、奴隷たちに言ってちょうだい」と、アラヴィスは必死になって、ささやき声で注意した。

「ごめんなさい、あなた。すっかり忘れてたわ」と、ラザラリーン。「みんな、聞いてちょうだい。そこの門番も。今日は家からだれも出てはいけませんよ。この若いご婦人のことを話している者がいたら、まず死ぬほど鞭《むち》を打ったうえに、生きたまま火あぶりにして、それから六週間パンと水だけよ。わかったわね。」

ラザラリーンは、アラヴィスの話を聞きたくてたまらないと言ったにもかかわらず、ちっともその話を聞きたがるそぶりを見せなかった。実のところ、聞くよりも話をしたがるたちなのだ。アラヴィスに、ぜいたくなおふろにゆっくりつかるようにと強く勧め（カロールメンのおふろは有名だった）、それから最高級の服を着せてからでないと、なんの説明もさせようとはしなかった。服をあれこれと大さわぎして選ぶので、アラヴィスはほとんど気がおかしくなりそうだった。そういえば、ラザラリーンは、いつもこんなふうに、服だのパーティーだのうわさ話だのに夢中だったと、アラヴィスは思い出した。弓矢や馬や犬や水泳のほうがずっとおもしろいとアラヴィスは思っていた。おたがいに相手のことをばかにしていたことは想像に難くない。けれども、食事（主にホイップクリームとゼリーとフルーツとアイス）のあと、ようやくふたりが美しい柱のある部屋に腰をおちつけると（ラザラリーンのあまやかされたペットのサルがしょっちゅうあちこち這《は》いのぼっていなければ、アラヴィスはこの部屋がもっとずっと気に入ったはずだ）、ラザラリーンは、ついにアラヴィスに、どうして家出をしたのかとたずねた。

アラヴィスが話しおえると、ラザラリーンは言った。

「だけど、あなた、アホシュタ・タルカーンと結婚すればいいじゃないの。だれもが、あの人に夢中よ。あたしの夫に言わせれば、あの人はカロールメン一えらい人になるそうよ。年取ったアクサルサが死んだ今や、宰相になったばかりでしょ。知らなかったの？」

「そんなの、どうでもいいわ。あんな人、見るのも嫌」と、アラヴィス。

「でも、あなた、考えてもみて！　三つも宮殿を持っていて、ひとつはイルキーンの湖のほとりの美しいお屋敷なのよ。ものすごい真珠のネックレスを持っているそうよ。ロバのお乳のおふろもあるし。それに、あたしにだっていつだって会えるようになるわよ。」

「あの人がいくら真珠や御殿を持ってようが、わたしには関係ないわ」と、アラヴィス。

「あなたって、本当にへんな人ね。前からそうだったわ、アラヴィス」と、ラザラリーン。「これ以上、なにがほしいって言うの？」

けれども、結局、アラヴィスは、自分が本気であることを友だちに納得させ、計画の相談に応じさせた。二頭の馬を北門から外に出して、墓場まで連れていくことはむずかしくはなかった。軍馬と婦人用の鞍《くら》をつけた馬をりっぱな身なりの馬番が川まで連れていっても、だれかにとめられたり、とがめだてされたりすることはないし、ラザラリーンには、いくらでも馬番がいた。ただ、アラヴィス自身をどうしたらよいかは容易には決められなかった。カーテンをおろした輿《こし》で運んでもらえないか、とアラヴィスはたずねた。ラザラリーンは、輿は街のなかでしか使わないので、門から外に出て行くところを見られたら、かならず呼びとめられるだろうと教えてやった。

長いあいだ相談をして――ラザラリーンがよけいなことばかり言うので、なおさら時間がかかったが――とうとう、ラザラリーンが両手をたたいて言った。

「ああ、いい考えがあるわ。門を通らないで街から出て行く方法がひとつだけある。ティズロック王――国王陛下万歳！――のお庭が川のほとりまでつづいていて、小さな水門があるのよ。もちろん宮廷の人しか使えないけれど、でも、あたしたちって(ここで、ラザラリーンは、少しクスクス笑った) 宮廷人みたいなものでしょう。あなた、あたしのところに来て、本当に運がよかったわよ。ティズロック王――国王陛下万歳！――は、とてもおやさしいの。あたし、もう毎日のように宮廷にお呼ばれしていて、まるで自分の家のようなものなのよ。あたし、王子さまや王女さまが大好きだし、ラバダッシュ王子さまなんて、もう熱愛してるわ。昼でも夜でも、いつだってふらっと宮廷に行って侍女たちと会うことだってできるんだから。暗くなったら、あなたといっしょにこっそりしのびこんで、水門からあなたを出してあげましょうか。水門の外には、いつもパント〔川底を棒で押して進む平底の舟〕やらなにやらがつないであるから。それに、もしつかまっても——」

「そしたら、すべてはだいなしだわ」と、アラヴィス。

「まあ、あなた、そう興奮しないで」と、ラザラリーン。「あたしが言おうとしたのは、たとえつかまっても、またあたしの悪い冗談だって、みんな思うってことよ。あたし、かなりよく知られているのよ。つい先日だって——ねえ、聞いてよ。すごくおかしなことがあったの——」

「わたしが言っているのは、つかまったら、わたしはもうおしまいだってことよ。」アラヴィスは、少しきつい調子で言った。

「あら——ああ、そうね。それはそうね、あなた。だけど、ほかにもっといい計画があるかしら？」

ほかに思いつかなかったので、アラヴィスは、こう答えた。

「ないわ。その計画をやってみるしかないと思う。いつ、はじめられる？」

「あら、今晩はだめよ」と、ラザラリーン。「もちろん、今晩はできないわ。今晩は大宴会があるんだもの。(そろそろ、髪の毛のセットをしてもらわなきゃ。)どこもかしこも、明かりでかがやくのよ。ものすごくたくさんの人が集まるの! 明日の晩にするしかないわ。」

これは、アラヴィスには悪い知らせだったが、しかたがなかった。その日の午後はとてもゆっくりとすぎ、ラザラリーンのクスクス笑いや、服だの、パーティーだの、結婚式だの、婚約だの、スキャンダルだのについてのおしゃべりにうんざりしきっていたので、ラザラリーンがパーティーに出かけてくれたとき、アラヴィスは、ほっとした。その夜は、早くベッドに入ったが、まくらやシーツでまた寝られるのはとてもありがたかった。

ところが、あくる日になっても、時間はかなりゆっくりすぎた。ラザラリーンは、その日も同じようにすごそうとして、ナルニアは悪魔と魔法使いの住むとこしえの雪と氷の国だとアラヴィスに話しつづけ、そんなところへ行こうとするのはどうかしていると言いはるのだ。

「しかも農民の男の子といっしょだなんて!」と、ラザラリーン。「あなた、考えてもみて! そんなの、すてきじゃないわ。」

アラヴィスも、その点はかなり考えたのだったが、ラザラリーンのおろかさにうんざりしてきたので、タシュバーンでのはなやかな暮らしなどより、シャスタと旅をしていたほうがずっとましだと、このとき初めて思った。そこで、アラヴィスは、ただこう答えた。

「あなた、忘れてるわ。ナルニアに着いたら、わたし、お姫さまじゃないのよ。その子と同じように、ただの人になるの。とにかく、わたし、約束したんだから。」

ラザラリーンは、泣きそうになって言った。「あなたに分別さえあれば、宰相閣下の奥さんにだってなれるっていうのに！」

アラヴィスは、部屋を出て、馬たちと内密の話をしに行った。

「日没少し前に、馬番といっしょに墓場へ行ってちょうだい。この荷物は、もう運ばなくていいわ。鞍や手綱をまたつけてもらうことになるでしょう。でも、フィンの鞍ぶくろには食料を入れて、ブリーの革の水筒は水でいっぱいにしてもらえるはずよ。馬番には、橋をわたったところで、あなたたちにたっぷり水を飲ませるように命令してあるから。」

「そうしたら、目指すはナルニア、北の方ですね！」ブリーが、ささやいた。「でも、シャスタが墓場にいなかったら、どうしますか？」

「もちろん、待つのよ」と、アラヴィス。「あなたたち、今まで快適にすごせていたならいいんだけれど。」

「こんなに気持ちよくすごしたことはありませんよ」と、ブリー。「でも、あのあなたのお友だちのクスクス笑うタルキーナのご亭主が、最高級のオート麦を買うようにと、馬番頭に金を払ったのだとすれば、馬番頭は、その金をくすねていますね。」

アラヴィスとラザラリーンは、柱のたくさんある部屋で夕食をとった。

約二時間後、出発の準備が整った。アラヴィスは、りっぱな屋敷の上等な奴隷娘のようなかっこうをして、顔をヴェールでおおった。なにか質問をされたら、ラザラリーンはアラヴィスが奴隷であって、お姫さまへの贈り物として届けるところだというふりをすることにした。

ふたりの少女たちは歩いて出発した。数分で宮殿の門に着いた。そこには、もちろん兵士たちが見張りについていたが、上官はラザラリーンのことをよく知っていたので、「気をつけ」と号令をかけ、兵士たちに敬礼をさせた。ふたりは、さっと《黒大理石の間》へ入った。ここでは、宮廷人や奴隷たちがまだ大勢うごめいていたが、そのおかげで人目を引かずにすんだ。ふたりはさらに《柱の間》に入り、それから《像の間》へと入り、柱廊をぬけて、《玉座の間》の巨大な銅箔《どうはく》のドアの前をすぎた。ぼんやりとしたランプの明かりで見えるかぎりにおいては、どれも筆舌につくしがたいほど壮大だった。

やがて、ふたりは、中庭の庭園へ出た。庭園は、いくつかの高台に分かれる形で段々と低くなっていた。その奥にある古い御殿に、ふたりは入っていった。あたりはもうすっかり暗くなっていて、ところどころの壁にともるかがり火だけに照らされた迷路のような廊下を歩くことになった。ラザラリーンは、右か左かどちらかを選ばなければならないところでとまった。

「とまらないで、進んで。」そうささやいたアラヴィスの心臓は、ひどくドキドキしていた。いつ父親が角を曲がってきて、ばったり出会うかもしれないと思っていたのだ。

「ちょっと待って」と、ラザラリーン。「ここからどっちに行ったらいいのか、わかんなくなっちゃった。きっと左だわ。そう、左だと思う。たぶんそんな気がする。なんて楽しいのかしら！」

左に曲がってみると、そこは、まったく明かりのない廊下で、しかも下へおりる階段があった。

「だいじょうぶよ」と、ラザラリーン。「だいじょうぶだと思うけど。この階段、覚えてるもの。」

けれども、そのとき前方に、動く明かりが現れた。一瞬ののちに、遠くの角から、長いろうそくをかかげてあとずさりしてこちらへ来るふたりの男の暗いかげが出てきた。もちろん、あとずさりして歩くということは、王族の前から下がるということだ。アラヴィスは、ラザラリーンが自分の腕をつかむのを感じた。助けを求めるようなしがみつきかたで、ちぢみあがっていることがわかった。ティズロック王とそんなに親しい間柄なら、そんなにこわがるのはおかしいとアラヴィスは思ったが、考えているひまはなかった。ラザラリーンは爪先《つまさき》立って、階段の上へ駈《か》けあがり、壁伝いに必死になって手さぐりをしていた。

「ここにドアがあるわ。」ラザラリーンは、ささやいた。「急いで。」

ふたりはなかへ入って、そっとドアを閉めた。なかは真っ暗だ。その息づかいから、ラザラリーンがおびえていることがわかった。

「どうか見つかりませんように！」ラザラリーンは、ささやいた。「ここに入ってきたらどうしよう。かくれられるかしら、あたしたち？」

足の下には、やわらかいじゅうたんがあった。部屋のなかを手さぐりで進むと、ソファーにぶつかった。

「このうしろに、横になってかくれましょう。」ラザラリーンは泣き声で言った。「こんなところに来るんじゃなかったわ。」

ソファーのうしろとカーテンのかかった壁とのあいだに少しすき間があって、ふたりの少女はそこに寝ころんだ。ラザラリーンは、アラヴィスよりいい位置についていたので、完全にかくれた。アラヴィスの目から上のところがソファーの横からつき出していた。だれかが明かりを持って部屋に入ってきて、たまたまそこだけ見ればアラヴィスは見つかってしまうだろう。もっとも、もちろんヴェールをつけていたので、それが額とふたつの目だとすぐにはわからないだろうけれど。アラヴィスは、必死になって、もう少し場所をゆずるようにと体を押したが、ラザラリーンは恐怖のあまり自分のことしか考えられなかったので、押し返して、アラヴィスの足をつねった。ふたりは押し合いをやめて、少しあえぎながら、じっとした。自分たちの息がひどくうるさく感じられたが、ほかにはなんの音もしなかった。

「だいじょうぶかしら？」とうとうアラヴィスが、かろうじて聞こえるくらいのささやき声で言った。

「た――た――たぶんね」と、ラザラリーン。「でもあたし、こわくて――」

そのとき、とんでもなくおそろしい音がした。ふたりがかくれた部屋のドアが開く音だ。それから、光が見えた。アラヴィスは、ソファーの背後で頭を引っこめられなかったので、なにもかも見ることになった。

まず、ふたりの奴隷が入ってきた。耳が聞こえなくて口がきけない人たちだと、アラヴィスは思った。秘密の会議では、秘密を守るために、そうした人たちが使われるのだ。ふたりは、ろうそくを手にしてあとずさりをして入ってきて、ソファーの両側に立った。これは好都合だった。アラヴィスの前に立ってくれれば、見つかりにくくなるし、奴隷の足のあいだから部屋のようすを見ることができた。つぎに入ってきたのは、とても太った老人で、奇妙なとんがり帽子をかぶっていたので、ティズロック王だと、すぐにわかった。体じゅうに身につけている宝石のほんの少しでも、ナルニアの貴族たちの服や武器ぜんぶを合わせた額よりもずっと高価だった。ただ、あまりにも太っていて、フリルだの、ひだだの、毛糸玉だの、魔よけのお守りだのが、おびただしくついていたので、アラヴィスは、ナルニアの服のほうが（少なくとも男性の服に関して言えば）ずっとましだと思わずにはいられなかった。王のあとから入ってきたのは、頭に羽根飾りや宝石をあしらったターバンを巻き、象牙《ぞうげ》のさやに入った三日月刀を帯びた背の高い若者だった。かなり興奮気味で、ろうそくの光で目と歯がきらめき、こわいようだった。最後に入ってきたのは、背中の曲がった、しわだらけの小柄な老人で、宰相になったばかりのアラヴィスの婚約者アホシュタ・タルカーンその人だとわかって、アラヴィスは身ぶるいがした。

三人が部屋に入ってきてドアが閉められたとたん、ティズロック王は、満足のため息をついてソファーに腰をかけ、若者はその前に立ち、宰相は両ひざと両ひじをついて、じゅうたんに顔をふせた。

第八章

ティズロック王の秘密の会談

「ああ、わが父上にして、わが目のよろこびよ」と、若者はとても早口でぶっきらぼうにつぶやいたので、まるでティズロック王はその目のよろこびではないように聞こえた。「国王陛下万歳。しかし、陛下のせいで、私《わたくし》はすっかり破滅しました。今朝太陽がのぼって、あののろわしき野蛮人どもの船がいなくなっているとわかったその時に、最速のガレー船をお与えくだされば、追いつけたかもしれません。しかし、連中が岬をまわって別のよりよい港に移動しただけではないか確認するようにと仰せになった。おかげで丸一日がむだになってしまった。連中は行ってしまった。行ってしまったのです、この手の届かぬところに！　あの裏切りのあばずれ女は、あの――。」

ここで若者は、スーザン女王について、ここに書き記すのがはばかられるようなひどい悪口をあれこれ言った。というのも、もちろんこの若者はラバダッシュ王子であり、裏切りのあばずれ女と言われたのはナルニアのスーザンのことだったからだ。

「おちつけ、わが息子よ」と、ティズロック王。「客人たちが出て行ったとしても、大したことはない。客をもてなすこちらが、かしこく対処すれば、傷はすぐ癒《い》えよう。」

「でも、私《わたくし》は、女王がほしいんです。」王子は、さけんだ。「女王は、私のものだ。手に入れられなければ死んでしまう。女王が、裏切り者の、高慢で腹黒いめす犬だとしても！　私は眠れない。なにを食べてもうまくない。この目は、あの美しさのゆえになにも見えない。野蛮人の女王を手に入れなければならないんだ！」

「才能ある詩人が申したことでございますが、」アホシュタ宰相は、じゅうたんから（少々ほこりまみれの）顔をあげて言った。「理性の泉からたっぷりと水をくむことが、若き愛の炎を消すために必要であるとのこと。」

これを聞いて王子は、かっとなったようだった。「犬め」と、王子はさけび、宰相ののしりを何度もねらいをはずさずにけりつづけた。「詩なんか引用するんじゃない。格言だの愛だの、一日じゅう聞きあきて、もううんざりだ。」アラヴィスは、宰相のことを少しもかわいそうだとは思わなかった。

ティズロック王は、思いにふけっていたようだったが、長い沈黙のあとで、なにが起こっているのか気がつくと静かにこう言った。

「息子よ。尊き聡明《そうめい》な宰相をけるでない。くその山にまぎれても、高価な宝石にその価値があるように、高齢と分別とは、いやしい家臣においても、敬われなければならぬ。ゆえに、けらずに、そなたの希望と提案を述べよ。」

「ああ、わが父よ」と、ラバダッシュ王子。「陛下の無敵の軍隊をただちに招集し、のろわれしナルニアの国を攻め、火と刀をもってナルニアを破壊し、その最大の王を殺し、スーザン女王以外のすべての王族を抹殺して、ナルニアを閣下の果てしなき帝国の一部となさることを、私は希望し、提案します。女王には最初にこっぴどく思い知らせてやりますが、私の妻としたいのです。」

「息子よ」と、ティズロック王。「そなたがなにを申そうと、ナルニアとは戦火を交えぬ。」

「ああ、とこしえの命を持つティズロック王よ」と、王子は歯噛《はが》みをしながら言った。「もし王がわが父上でなければ、それは臆病者《おくびょうもの》の言葉だと言うところです。」

「そして、燃えあがりやすいラバダッシュよ。そのほうがわが息子でなければ」と、父親は答えた。「そのようなことを言うそなたの命は短く、じわじわと死を味わうことになろう。」（そう言った王の声の冷たいおちつきに、アラヴィスは血が凍る思いだった。）

「ですが、なぜです、父上？」王子は、こんどはもっと敬意をこめた声で言った。「なぜナルニアを罰するのに、躊躇《ちゅうちょ》するのです？　なまけ者の奴隷をしばり首にしたり、使いものにならぬ馬を犬のえさにしたりするのと同じではありませんか。陛下の小さな州の四分の一の大きさもありません。一千本の槍《やり》があれば、五週間もしないうちに征服できます。ナルニアは、陛下の帝国のすみにあるきたならしいしみです。」

「まったくもってそのとおりだ」と、ティズロック王。「自分たちを自由と呼ぶあの野蛮な国々が――自由というのは、すなわち、のらくらして、きちんとしておらず、利益もあげられないということだ――神々に嫌われ、分別ある人々に嫌われていることはまちがいない。」

「ではなぜ、ナルニアのような国を、このようにいつまでも放置しておくのです？」

「見識ある王子さま」宰相が言った。「閣下の偉大なお父上がその有益にしておわりなき統治をはじめられたその年にいたるまで、ナルニアの国は氷と雪に閉ざされ、しかも最も強力な魔女によって支配されていたのです。」

「そんなことは知っている。このおしゃべりの宰相め」王子は答えた。「だが、その魔女が死んだこともわかっている。氷と雪は溶けてしまったから、ナルニアは、もはやすっかり健やかで実り多き、おいしい国となったのだ。」

「そして、その変化こそ、学識ある王子さま、自らをナルニアの王や女王と呼ぶ、あの邪悪な者どもの強力な魔法によって起こされたのでございます。」

「私は、むしろ、こう思います」と、ラバダッシュ王子。「星々の変化と、自然のなりゆきによって起こったのだと。」

「その点は学識ある者たちの議論に任せよう」と、ティズロック王。「それほどの大きな変化と、あの魔女の殺害が強力な魔法の力なしに起こったとは信じがたい。そのようなことがあの国では起こりうるのだ。そこには、もっぱら人間のように話す獣の姿をした悪魔たちや、半分は人間で半分は獣の姿をした怪物たちが棲《す》んでいる。ナルニアの最大の王（神々よ、どうかすっかり打ちすえたまえ）は、ライオンの姿をして現れる、おそろしい力と果てしない破壊力を持つ悪魔によって支えられているとのもっぱらのうわさだ。ゆえに、ナルニアを攻撃しようとは、暗澹《あんたん》たる危険な企てだ。わしは、のっぴきならぬところへ手をつっこむつもりは毛頭ない。」

「カロールメン国はなんとしあわせな国でありましょう。」宰相は、また顔をあげて言った。「その支配者に神々が分別と用心とをお授けくださるとは！　ですが、つねに正しく賢明であられるティズロック王は、ナルニアのような美味な料理に手を出さぬのも残念だと仰せになられた。才能ある詩人の申すには――」ところが、このとき、宰相は、王子の爪先《つまさき》がいらいらと動いているのに気づいて急に押しだまった。

「まったくもって、残念である。」ティズロック王は、低く静かな声で言った。「毎朝、陽はわが目にくもり、毎夜眠りてもわが身は休まらぬ。ナルニアがまだ自由だと思い出すがゆえに。」

「ああ、父上」と、ラバダッシュ王子。「ナルニアを盗《と》るべく、腕をおのばしになりながら、その試みがうまくいかぬときには、傷つくことなく、手を引っこめることができる、そんな方法を教えてさしあげたらどうでしょうか。」

「その方法が示せるなら、おお、ラバダッシュよ」と、ティズロック王。「そなたこそ最高の息子である。」

「では、お聞きください、父上。まさに今晩この時間、私は二百騎ばかりを連れて砂漠のむこうへまいります。陛下は私の出立をなにもご存じないと、みんなに思わせることにしましょう。二日めの朝に、私はアーチェンランド国のアンヴァードにあるルーン王の城の門をたたきます。あそこはわれらと和をむすび、油断をしていますから、またたく間にアンヴァードを押さえることができます。それから、アンヴァードの北へ兵を進め、ナルニアに入って、ケア・パラベルへむかいます。ピーター王は留守のはずです。別れたときに、北の国境の巨人を攻撃する準備を進めていましたので。ケア・パラベルは、おそらく門をあけたままでしょうから、私はなかに入ります。分別と礼儀とをもって対処し、できるかぎりナルニアの血を流さないように努めます。そこまでくれば、あとは、スーザン女王を乗せたスプレンダー・ハイアライン号が到着するのを待つばかりとなります。女王が岸に足をつけたとたんに、私は逃げた小鳥をつかまえ、馬の鞍《くら》に乗せて、それからアンヴァードへむかって走りに走るのです。」

「だが、女をつかまえれば、エドマンド王かそなたが命を落とすことにはなるまいか、息子よ。」

「女王といっしょにいる連中は多くないでしょう」と、ラバダッシュ王子。「エドマンド王の武器をうばってしばりあげるように十人の部下に命じましょう。陛下とピーター王のあいだにのっぴきならぬ戦争の原因が起こらぬよう、エドマンドの血を求めるわが熱情はおさえます。」

「スプレンダー・ハイアライン号がケア・パラベルにそなたより先に着いたときはどうする？」

「この風では無理だと思います、父上。」

「最後にたずねよう、才気ある息子よ」と、ティズロック王。「野蛮な女をものにする手はずはわかったが、それがナルニア征服とどのように関係するというのだ？」

「父上、おわかりになりませんか。私と部下とが、弓から放たれた矢のようにナルニアを駈《か》けぬけるとき、アンヴァードはすでに永遠にわれわれの手中にあるということを。アンヴァードが手に入れば、ナルニアのまさに入り口に陣取ることになります。陛下はアンヴァードの守備隊を少しずつ増やして、大軍とすればよいのです。」

「かしこくも先見の明のある発言だ。だが、それが失敗したとき、どのように手を引くというのだ？」

「陛下、私のすることは陛下のご存じないことであり、陛下の意に反し、陛下の祝福もなしになされたことであり、私が勝手にした若気の至りだったとおっしゃればよろしいのです。」

「ピーター王が、自分の妹である野蛮な女王を返すように求めてきたらどうする？」

「ああ、父上、そのようなことにはなりますまい。女の気まぐれでこの結婚を拒絶しましたが、ピーター王は、分別と理解力のある男です。わが国と同盟をむすび、自らの甥《おい》やその子孫たちをカロールメン国の王者につけるという栄誉や利益を失うことは望まぬでしょう。」

「わたしが永遠に生きるのであれば——おまえは、そうのぞんでいるはずだが——やつの甥が王座につくなどということはありえんぞ。」ティズロック王は、いつもよりさらに冷たい声で言った。

「さらに申しあげれば、父上、わが目のよろこびよ。」王子は、一瞬ぎこちなく沈黙したあとに言った。「女王が私を愛していてナルニアに帰りたくないのだという、にせの手紙を、女王から来た手紙として書き送りましょう。女というものは風見鶏《かざみどり》のように気が変わりやすいと、よく言うではありませんか。かりに手紙をすっかり信じないとしても、まさか武装してタシュバーンに押し寄せ、女王を連れもどそうとはしますまい。」

「見識高い宰相よ」と、ティズロック王。「この奇妙な提案に関して、おまえの知恵を授けるがよい。」

「永遠なるティズロック王。」宰相は答えた。「父親の愛情の力は、それがしも存じており、息子というものは、父親の目には、ざくろ石よりも貴重に見えるとよく言われております。ならば、この興奮なさった王子の命を危険にさらすようなことに関して、わが考えを自由に申すことなどどうしてできましょう。」

「まちがいなくおまえは申すであろうな」と、ティズロック王は答えた。「命令にそむいて口を閉ざすなら、おろかなことを言ってわが怒りを買うのと同様の罰をくらうと、思い知ることになろう。」

「聞いたからには、したがいましょう。」あわれな宰相は、うめいた。「申しあげます。最も分別あるティズロック王。王子の危険は、さほど大きくはございません。神々によって野蛮人から分別の光は取りあげられておりますので、やつらの詩は、われわれの詩とちがって、すぐれた格言や有益な箴言《しんげん》にあふれてはおらず、愛情と戦争のことばかりでございます。それゆえ、やつらにとってまさに気高くすばらしく思えるのは、このようなむちゃな計画——いたっ！」また王子が宰相をけっとばしたのだ。

「やめよ、おお、わが息子よ」と、ティズロック王。「そして、尊いわが宰相よ。かまわずに話しつづけるがよい。威厳と礼節を知る者であるならば、ささいなことにとらわれるでない。」

「聞いたからには、したがいましょう。」宰相は、そう言いながらも体をほんの少しよじって、しりを王子の爪先から遠ざけた。

「このような――そのぅ――危険な試みは、それが女性への愛のためになされる点を考えれば、連中は称讃《しょうさん》はせずとも、大目に見るでしょう。ゆえに、もし王子が不幸にして敵の手に落ちたとしても、王子が殺されることは決してないでしょう。いえ、女王を誘拐するのに失敗したとしても、王子の大いなる勇気とそのとどまることを知らぬ熱愛ゆえに、女王は王子をお気に召すことすらあるやもしれません。」

「それはよい点だ、おしゃべりめ」と、王子。「おまえのみにくい頭に浮かんだにしては、上出来だ。」

「わが主君の称讃こそ、わが目の光なり」と、アホシュタ宰相は言った。「そして第二に、おお、ティズロック王。その統治のとこしえにつづかんことを。愚考いたしますに、神々の助けを得て、アンヴァードが王子の手に落ちることは大いにあり得ることでしょう。さすれば、ナルニアの首根っこをつかまえたも同然にございます。」

長い沈黙があり、部屋はしんと静まり返ったので、ふたりの少女は息をするのもこわくなった。とうとう、ティズロック王がこう言った。

「行くがよい、わが息子よ。そして、言ったとおりにせよ。わしからの援助や支援を期待してはならぬ。そなたが殺されても、わしは復讐《ふくしゅう》せんし、そなたが野蛮人の牢獄《ろうごく》にとらえられようと、助け出したりはせん。成功しようが失敗しようが、そなたがナルニア人の気高い血を必要以上に流し、それゆえに戦争を起こすなら、二度とそなたを息子とは思わず、そなたのつぎの弟をカロールメン国の王座につける。急ぎ、ひそやかに、うまくやれ。絶対にして容赦なきタシュ神の力がそなたの刀と槍《やり》に宿らんことを。」

「聞いたからには、したがいましょう。」ラバダッシュ王子はさけび、一瞬ひざまずいて王の手に接吻《せっぷん》すると、部屋から飛び出していった。アラヴィスは、かなり手足がしびれてきているにもかかわらず、ティズロック王と宰相が部屋から出て行こうとしないので、とてもがっかりした。

「宰相よ」と、ティズロック王。「われら三人が今夜ここで行った会談をよもや知る者はおるまいな？」

「わが主君よ」と、アホシュタ宰相。「知る者のあろうはずはございません。さればこそ、この古き宮殿のこの部屋で話しましょうとご提案申しあげ、陛下はかしこくもご同意くださったのではございませんか。ここで会議が開かれたことはなく、宮廷のだれもやってきたことはないのですから。」

「よろしい」と、ティズロック王。「知った者がおれば、一時間と生かしてはおかぬ。そして、おまえもまた、かしこき宰相よ、忘れるがよい。わしもこの心から、そしておまえの心から王子の計画の一切の知識をぬぐいさろう。やつは、わが同意なしに、知らぬうちに発ったのだ。どこに行ったのかもわからぬ。それも若気の至り、無鉄砲な反抗心ゆえだ。アンヴァードが王子の手に落ちたと聞いたときに、おまえかわしほど、おどろく者はなかろう。」

「聞いたからには、したがいましょう」と、アホシュタ。

「さればこそ、わしがおのが長男をおそらくは死への使いへ追いやった最も冷酷な父親であるなどと、おまえはその秘めたる心のうちで考えてはならぬ。王子を嫌うおまえにとっては、ねがってもないことだろうが。わしは、おまえの心の底まで見通しておるからな。」

「ああ、完璧《かんぺき》なるティズロック王。」宰相は言った。「陛下を愛する思いに比べれば、それがしは王子もこの命も愛しはしません。パンも水も日の光さえも愛しません。」

「その思いは、高尚にして正しい。わしもまた、王者の栄光と力とに比べれば、そうしたものを愛することはない。王子が成功すれば、アーチェンランドはわがものとなる。そして、おそらくつぎには、ナルニアも。たとえ失敗しても――わしには、まだ十八人の息子がおるし、ラバダッシュは歴史上の王の長男の例にもれず危険になってきておった。タシュバーンの王は五人以上、その長男のせいで命なかばにしてたおれた。知恵を得た王子たちが、王座につくまで待てなかったからだ。王子がここでなにもせずに、かっかと血をたぎらせるよりは、外国でその血を冷やすがよかろう。さて、すぐれた宰相よ、父親としての心配がつのりすぎたがゆえに、わしは眠くなってきた。楽士たちをわが部屋に呼んでおくように。だが、おまえは、寝る前に、第三の料理人にわしが書いた死刑赦免状を撤回しておけ。どうも、胃のこなれが悪くてかなわん。」

「聞いたからには、したがいましょう。」宰相は、両手両足をついて、這《は》いながら、ドアまで行き、外に出た。それでも、ティズロック王がだまってソファーにすわったままだったので、眠ってしまったのではないかと、アラヴィスは気が気ではなかった。しかし、ついに床を大きくギシギシときしませ、その巨体を持ちあげ、ため息をつきながら、奴隷たちに明かりを持って先行するように合図をして出て行った。そのあとで、ドアが閉まると、部屋はまた真っ暗になった。ふたりの少女たちは、ようやく息をつくことができた。

第九章

砂漠を越えて

「なんておそろしい！　なんて、猛烈におそろしいの！」ラザラリーンは、泣き言を言った。「ねえ、あなた、あたし、体じゅうふるえてるわ。さわってみて。」

「行くわよ。」アラヴィスもふるえていたが、言った。「みんな新しい宮殿に帰っていったわ。わたしたち、この部屋から出さえすれば、もうだいじょうぶよ。でも、おかげでひどく時間をむだにしたわ。大急ぎで、その水門まで連れてってちょうだい。」

「あなた、そんなの無理よ」と、ラザラリーンは、キーキー声をたてた。「今は無理。今は。なにもできない。だめ、ちょっと横になってから、それからもどりましょう。」

「もどるですって？」

「あら、わからない人ね。あなた、薄情だわ。」ラザラリーンは泣きはじめた。アラヴィスは、同情している場合ではないと思った。

「あのね！」アラヴィスは、ラザラリーンをつかまえて大きくゆさぶった。「もし、もう一度もどるなんて言ったら、そしてすぐに水門に連れていかないなら、どうするか教えてあげましょうか。あの通りに飛び出して大声を出してやるわ。そしたら、ふたりともつかまるのよ。」

「そしたら、ふたりとも、こ、こ、殺されちゃうわ。ティズロック王が言ったこと、聞いてなかったの？　国王陛下万歳！」

「聞いてたわよ。だけど、アホシュタと結婚するくらいなら死んだほうがましなんだから。早く来て。」

「まあ、あなたって、いじわるね」と、ラザラリーン。「あたしがこんな状態なのに。」

けれども、結局、ラザラリーンはアラヴィスの言うとおりにせざるを得なかった。ラザラリーンが先に立って、さっきおりかけた階段を下までおりて、別の廊下を通って、ついに外へ出た。そこは宮殿の庭園で、段々畑のように街の壁まで段々に下がっていた。月が明るくかがやいていた。冒険をしていて残念なのは、とても美しい場所に出ても、たいていあまりにもびくびくと急いでいて、その美しさを楽しめないことだ。アラヴィスはほの暗い芝生や、静かに水音をたてている噴水や、糸杉の木の長く黒いかげがあることをぼんやりと感じただけだった。(その記憶は何年もあとまで消えなかった。)

いちばん下まで着くと、壁が高くそびえていた。ラザラリーンは、手がふるえて水門のかんぬきをはずせなかったので、アラヴィスがはずした。ついに川に出た。川面《かわも》に月明かりがきらめいて、小さな桟橋と、舟遊び用の小舟が数艘《すうそう》あった。

「さようなら」と、アラヴィス。「そして、ありがとう。いじわるになっちゃって、ごめんね。だけど、わたしがなにから逃げているのか考えてもみてちょうだい。」

「ああ、愛しいアラヴィス」と、ラザラリーン。「考え直す気はないの？ アホシュタがどんなにえらい人か、目の当たりにしたというのに！」

「えらい人ですって！」アラヴィスは言った。「けっとばされても、こびへつらって、這いつくばる、奴隷じゃないの。そのくせ、そのうらみをじっとかかえて、あのおそろしいティズロックをそそのかして、王子の死をたくらんで仕返しをしようとするやつじゃないの。ふん！ あんなやつと結婚するくらいなら、父の屋敷の皿洗いと結婚したほうがましよ。」

「まあ、アラヴィス、アラヴィス！ どうしてそんなおそろしいことを言えるの。それにティズロック王――国王陛下万歳！――のことまで、ひどいわ。王さまがなさるんだから、正しいはずでしょ。」

「さようなら」と、アラヴィス。「それから、あなたの服はすてきだと思ったわ。あなたのおうちもね。きっとすてきな人生をお送りになるわね。わたしには合わないけれど。わたしが出たら、水門をそっと閉めてちょうだい。」

アラヴィスは、愛《いと》しげに抱きついてくる友の腕をふりほどいて、舟に乗りこむと、ロープを桟橋に投げ、一瞬あとには大きな流れのなかに出ていた。頭上には巨大な本物の月があり、下には川底深くに月が映りこんでいた。空気はすがすがしくてすずしく、反対側の川岸に近づくと、フクロウの鳴き声が聞こえた。

「ああ、ほっとするわ。」これまでずっと田舎暮らしをしてきたアラヴィスには、タシュバーンにいるあいだ、まったくおちつけなかったのだ。

舟を降りて岸辺にあがると、地面がもりあがっているうえに、木々が月明かりをさえぎっていたので、あたりは真っ暗だった。けれども、なんとか、シャスタが通ったのと同じ道を見つけ、シャスタと同様に草地のはし、砂地のはじまるところまで来て、(シャスタがしたように)左手のほうに大きな黒い墓場を見つけた。そして、このときついに、さすがの勇敢なアラヴィスも心がふるえた。もし、みんながそこにいなかったら、どうしよう！　死食鬼《グール》が出たらどうしよう！　けれど、アラヴィスは、つんと上をむいて、あごをつき出し(舌の先も少し出して)まっすぐ墓場へと進んで行った。

そこに着かないうちに見えてきたのは、ブリーとフインと馬番だった。

「もう奥さまのところへ帰っていいわ」と、アラヴィスは(街の門が翌朝開くまで街に帰れないことをすっかり忘れて)言った。「はい、おだちん。」

「聞いたからには、したがいましょう」と馬番は言って、ものすごい速さで、ただちに街のほうへと走りさった。急ぐように言う必要はなかった。馬番もまた、死食鬼《グール》のことをひどく気にしていたのだった。

そのあとしばらくアラヴィスは、まるでふつうの馬にするように、フィンとブリーの鼻にキスをしたり、首をやさしくたたいてやったりした。

「シャスタが来た！　アスランに感謝を！」と、ブリーが言った。

アラヴィスがふり返って見ると、たしかにシャスタが近づいてくるところだった。馬番が走りさるのを見て、かくれていたところから出てきたのだ。

「さて」と、アラヴィス。「一刻もむだにはできないわ。」

アラヴィスは、早口でラバダッシュ王子の計画について説明した。

「裏切り者の犬どもめ！」ブリーは、たてがみをふり、ひづめで地面を踏みしめながら言った。「宣戦布告もせずに平和時に攻撃を仕掛けるなんて！　だが、やつの裏をかいてやる。やつより先にアーチェンランド国に行くんだ。」

「行けるかしら？」アラヴィスは、フィンの鞍《くら》にひらりと飛び乗りながら言った。シャスタは、自分もあんなふうに乗れたらいいなと思った。

「ブルゥ、フゥ！」ブリーが、いなないた。「乗れよ、シャスタ！　行けるとも！　むこうより早く飛び出すのさ！」

「むこうもすぐに出発するって言ってたわ」と、アラヴィス。

「それは人間の言い草だ」と、ブリー。「馬二百頭と騎手二百人と水と食料と武器と鞍の用意をして、あっという間に出発なんかできるもんじゃないさ。さあ、どっちに行くんだい？　北かい？」

「いや」と、シャスタ。「方角はわかってる。矢印を描いといたんだ。あとで説明する。少し左をむいておくれ、二頭とも。あ、ほら、あったよ！」

「さあ」と、ブリー。「お話のなかに出てくるように、昼も夜も全速力で駆《か》けぬけたなんてことは、本当はできやしない。常歩《なみあし》と速歩《トロット》で行かなきゃならない。と言っても、きびきびした速歩《トロット》に常歩を少しまぜるんだ。われわれが歩くときは、きみたち人間もおりて歩いてくださいよ。さあ、準備はいいかい、フイン？　出発だ、目指すはナルニア、北の方！」

最初は、楽しい旅だった。日が落ちてからもう何時間もたっていたので、日中に太陽の熱で熱くなっていた砂もほとんど冷たくなっており、空気はすずしく、さわやかで、澄んでいた。月明かりの下で見晴らすかぎりどこまでもつづく砂は、まるで、おだやかな海か、大きな銀のおぼんのようにかがやいた。ブリーとフインのひづめの音以外、物音ひとつ聞こえてこない。シャスタはときどきおりて歩かなければ、もう少しで眠ってしまうところだった。

これが何時間もつづくように思われた。やがて、月が消えた。真っ暗のなかを何時間も何時間も進むように思われた。それから、シャスタは、あるとき、自分の前のブリーの首と頭が、さっきよりはっきり見えてきたように思った。ゆっくりと、とてもゆっくりと、灰色の地平がどこまでもひろがっているのが見えてきた。まるで死の世界にいるかのように、そこに命はないように思えた。シャスタは、ひどくつかれを感じ、体が冷えてきて、くちびるが乾いていることに気づいた。そのあいだじゅう、ずっと馬具の革がきしみ、轡《くつわ》がジャンジャラ音をたて、ひづめは、かたい道で聞こえるパッカパッカではなく、乾いた砂にドスッドスッという音をたてていた。

ついに何時間も進んだあとに、右手のはるかかなたの低い地平線に、うっすらと長く細い灰色の光が見えてきた。それが赤くなったとき、ようやく朝となったのだ。しかし、朝を告げる鳥の声はまったくしない。さっきより寒くなってきたので、シャスタは馬からおりて歩くのをありがたいと思った。

すると、突然、太陽がのぼって、あっという間に、なにもかも変わった。灰色の砂が黄色く変わり、ダイヤモンドをちりばめたかのように、キラキラとした。左のほうには、シャスタとフインとブリーとアラヴィスのかげが、ものすごく長くのびて、みんなといっしょに進んでいった。ずっと前方にあるパイア山のふたつの峰が、太陽の光を浴びてかがやいており、シャスタは、自分たちが少し道をはずれていることに気づいた。

「もう少し左だ、もう少し左。」シャスタは、歌うようにさけんだ。なによりもよかったのは、ふり返ると、タシュバーンがはるか遠くに小さく見えたことだ。墓場はすっかり見えなくなっていた。ティズロック王の街がある、でこぼこにもりあがった丘のむこうに消えていたのだ。だれもがホッとした。

しかし、それも長くはつづかなかった。タシュバーンは、最初は、はるかかなたに見えていたが、どんなに進んでも、それ以上遠ざかるようには見えなかったのだ。シャスタはふり返るのをやめてしまった。自分たちがぜんぜん前へ進んでいないように思えてしまうからだ。それから日光がじゃまになってきた。砂がギラギラするので、目が痛くなったが、目を閉じるわけにもいかない。目を細めて、パイア山のある前方を見つめ、方角をさけびつづけた。それから暑くなってきた。馬からおりて歩いたとき、初めて砂の熱に気づいた。砂に足をつけたとたん、まるでかまどの扉をあけたかのように、ムッとする熱が顔にまでかかってきたのだ。そのつぎに馬からおりたときは、さらにひどくなり、三度めになると、はだしの足がふれたとたん、シャスタは痛みでさけび声をあげ、あっという間に片足をあぶみにもどし、もう一方の足はブリーの背中に持ちあげた。

「ごめんね、ブリー」と、シャスタ。「歩けないよ、足がやけどしちゃう。」

「そりゃそうですね！」ブリーは、あえいで言った。「わたしも気づくべきでした。そのまま乗っていてください。しかたがありません。」

「きみは、だいじょうぶなんだね。」シャスタは、フインのとなりで歩いているアラヴィスに声をかけた。「靴をはいているから。」

アラヴィスはなにも言わずに、つんとしていた。もちろんそんなつもりではなかったのだろうが、つんとして見えたのだ。

速歩《トロット》、常歩《なみあし》、速歩《トロット》と行軍はつづく。轡《くつわ》がジャンジャラジャンジャンジャラ、革がキシキシキシ。熱い馬のにおい、熱い自分のにおい、目のくらむ日光、頭痛。しかも、どこまでもどこまでも、なにも変わらない。タシュバーンは決して遠ざかることはなく、前方の山も決して近づくようには見えない。それがずっと永遠につづくように思えるのだ——ジャンジャラジャンジャラ、キシキシキシキシ、熱い馬のにおい、熱い自分のにおい。

もちろんこんなとき、人は時をやりすごすために頭のなかでいろいろなゲームをしてみるものだが、もちろんどれも、うまくいくはずはない。飲みもののことは考えるまいとがんばるが——タシュバーンの宮殿で飲んだ氷入りのシャーベット水、暗い土の底からちょろちょろとわき出す清水、ちょうどいい感じにクリームのようになった冷たくておいしいミルク——そうしたものを考えまいとすればするほど、考えてしまうものなのだ。

ようやく、なにか変わったところが出てきた。幅およそ五十メートル、高さ十メートルほどの巨大な岩が、砂からつき出していたのだ。太陽はかなり高くのぼっていたので、あまりかげはなかったが、少しはかげがあり、みんなはそのかげに身を寄せた。そこで少し食べものを食べ、少し水を飲んだ。革の水筒から馬に水を飲ませるのはむずかしいが、ブリーとフィンは舌を使ってじょうずに飲んだ。じゅうぶんな飲み食いはできなかった。だれもひとことも口をきかなかった。馬たちは口から泡を出し、ゼーゼーと息をしていた。子どもたちは真っ青だった。

ほんの少しだけ休んだあとで、一同はふたたび出発した。あいかわらず同じ音、同じにおい、同じまぶしさがつづいたが、ついに、かげが右側へのびていき、どんどん長くなって世界の東の果てまでのびていくように思われた。とてもゆっくりと、太陽が西の地平線へと近づいていったのだ。そして、いよいよ太陽はしずみ、ありがたいことに、無慈悲なまぶしさはなくなったが、砂からたちのぼる熱気は、あいかわらずひどいものだった。ワタリガラスのキイロアシが言っていた谷の手がかりが見えないものかと、みんなは目を皿のようにしてさがした。けれども、ずっとどこまでも砂がまっ平らになってつづいているばかりだ。やがて、日がとっぷり暮れて、空に星がまたたいても、あいかわらず馬たちはドスッドスッと進み、子どもたちは鞍の上で上下にゆれながら、のどがかわき、つかれてぼろぼろになっていた。ようやく月がのぼってきたそのときだ。シャスタは、からからにかわききった口から、吼《ほ》えるような不思議な声を出して、こうさけんだ。

「あれだ！」

もはや、まちがいはない。前方、少し右のほうに、とうとう下り坂が見えてきたのだ。両側の岩山にはさまれた下り坂だ。馬たちは口もきけないほどつかれていたが、そちらのほうにむきを変えて、一、二分もしないうちに、その山の裂け目に入っていった。そこは、岩壁と岩壁とにはさまれて息苦しく、月明かりもあまりさしこまなかったために、ひらけた砂漠にいたほうがましなように思えた。どこまでも下り坂がつづき、下るほどに、両側の岩は高い絶壁のようにそびえていった。やがて、ちくちくするサボテンのような植物や、さわると痛い雑草が生えているところへ来た。そのうちに、馬のひづめは、砂ではなく、小石に当たった。道を曲がるところが何度もあり、曲がるたびに水があるのではないかと、みんな必死でさがした。馬たちはもう力の限界で、フィンはよろめき、あえぎながら、ブリーからおくれをとっていた。絶望しかかったところで、ついに小さな泥水があるところに出た。やわらかくしんなりした草のあいだから、水がちょろちょろと流れ出ていた。その流れは、少し先ではせせらぎとなり、そのさらに先では、しげみをぬける小川となり、さらに先では大きな川となっていた。そのとき（なにしろ、それまで言葉にならないほどの失望を感じていたわけだから）頭がぼうっとしていたシャスタは、ブリーが立ちどまっていて、いつのまにか自分がブリーからすべりおりていたことに、ふと気づいた。目の前には小さな滝が広大な池へ注ぎこんでいる。二頭の馬はすでに池のなかに入って、頭を水につけ、ごくごく、ごくごくと水を飲んでいる。

「うわぁあ！」シャスタは、さけびながら水に飛びこんだ。ひざぐらいの深さだった。そして、身をかがめて、滝に顔をつけた。それは、おそらく、シャスタの生涯で最高の瞬間だった。ふたりの子どもたちはすっかりびしょぬれになった。

みんなが水から出て、あたりのようすを見はじめたのは、十分後のことだった。月はすっかり高いところにあって、谷をのぞきこんでいる。川の両岸にはやわらかい草がしげり、その草のむこうには木々やしげみがもりあがり、そのむこうには、崖《がけ》がそびえていた。とてもすずしげで、かぐわしい香りが谷全体に満ちていたので、きっと木立の下草にかくれて、すてきな花がさいているのだろう。奥の暗い木かげからは、シャスタが聞いたこともないような音が聞こえてきた――ナイチンゲールの声だ。

だれもがあまりにつかれきっていて、話すことも食べることもできなかった。二頭の馬は鞍《くら》をはずしてもらうのも待ちきれずに、すぐに横になっていた。アラヴィスとシャスタも横になった。

さらに十分ほどして、注意深いフィンがこう言った。

「でも、眠ってしまってはいけないわ。あのラバダッシュより先に着かなければ。」

「そうだな。」ブリーがとてもゆっくり言った。「眠るわけにはいかない。ほんの小休止をするだけだ。」

シャスタは、自分が立ちあがってなにかしなければ、みんなはすぐ眠ってしまうだろうと（少なくともそのときは）わかっていた。なにかやらなくちゃと思って、実のところ、立ちあがって先に進もうと声をかけようとしていたのだが、もう少ししてからでもいいと思ってしまった。もう少し、あとほんの少し……

月明かりのなか、ナイチンゲールのさえずりを聞くうちに、二頭の馬とふたりの人間の子どもたちは、あっという間に眠りに落ちていた。最初に目をさましたのは、アラヴィスだった。空に日が高くのぼっていて、すずしい午前中の時間はとっくにすぎていた。

「わたしのせいだわ。」アラヴィスが立ちあがり、みんなを起こしながら、怒ったように自分に言った。「たとえ口がきけるからといって、あんなふうに一日じゅう走った馬に起きていてもらおうなんて期待するのがまちがっているのよ。それに、もちろん、あの男の子も、無理。きちんとした訓練を受けていないもの。わたしがちゃんとしていなければいけなかったのに。」

ほかのみんなは、眠くて、ぼうっとしていた。

「やれやれ――ブルゥ、フゥ」と、ブリー。「鞍をつけたまま寝ちまったか、え？

二度とそんなことはしないぞ。まったく居心地が悪いったらない。」

「もう、しっかりして、おねがい」と、アラヴィス。「もう午前中もなかばすぎてるの。一刻もむだにはできないわ。」

「草を一口食べさせてくださいよ」と、ブリー。

「ぐずぐずできないのよ」と、アラヴィス。

「なにをそんなに急いでいるんです」と、ブリー。「砂漠は越えたじゃありませんか？」

「でも、まだ、アーチェンランド国に着いてないわ。ラバダッシュより先に着かなくちゃ。」

「ああ。やつよりも何キロも先に来ていますよ」と、ブリー。「近道をしてきたでしょ。シャスタ、きみのワタリガラスの友だちは、こっちが近道だって言ったんじゃなかったっけ？」

「近道とか言ってなかった」と、シャスタ。「こっちには川があるから、いい道だとは言っていた。もし、このオアシスがタシュバーンの北にあるなら、遠まわりかもしれない。」

「ともかく、少しなにか食べなきゃ、先には行けないよ」と、ブリー。「轡《くつわ》をはずしてくれよ、シャスタ。」

「あ、あのぅ」と、フインがおどおどしながら言った。「あたしもブリーと同じように先に進めないと感じています。でも、馬って、そういうふうに感じていても、人間が乗って（拍車なんかをつけて）進めと命じると、先に進めるものなんです。つ、つまり——もう少しがんばれるんじゃないかしら。だれに命じられるわけでもない自由の身になったんだし。すべてはナルニアのためなんだから。」

「わたしのほうが」と、ブリーは有無を言わせぬ口調で言った。「軍事行動や強行軍、そして馬がなににたえられるかについて、きみよりも知っていると思うがね。」

これに対してフィンは、なにも答えなかった。とても育ちのよい雌馬であるため、すぐに人の言いなりになる、とても神経質でやさしい人のようにふるまったのだ。実際のところはフィンが正しく、もしこのときブリーの背中にタルカーンがまたがって進めと命じれば、ゆうに数時間は勢いよく走れたとわかっただろう。しかし、奴隷となって無理な命令を受けることに慣れてしまうと、命令されなければ自分から無理はできなくなってしまうものなのだ。

そこで、みんなは、ブリーが草を食べ、水を飲むまで待たなければならなかった。もちろんフィンと子どもたちも、食事をして水を飲んだ。ついにふたたび出発をしたのは、午前十一時近かっただろう。そんな時刻になっても、ブリーは、きのうよりもずっとゆっくりやっていた。急ごうとしたのは、ブリーよりも弱く、つかれがひどいフィンのほうだった。

それに、茶色の冷たい川が流れ、草やコケや野生の花におおわれ、シャクナゲの咲きほこる谷そのものが、あまりにも気持ちがよかったので、進む足どりも自然とゆっくりとなってしまったのだ。

第十章

南の国境の仙人

それから四、五時間ほど谷を下っていくと、しだいに前方がひらけてきた。ここまでたどってきた川は、さらに大きくてゴウゴウと流れる川に合流した。この大きな川は、左から右へ、東のほうへ流れており、そのむこうには、低い丘が美しくひろがり、ゆったりと高まりながら波打つように北方の山脈それ自体へとつながっていた。右手には、岩の山頂がつき出しており、そのうちひとつかふたつは、とちゅうの岩棚まで雪をかぶっている。左手には、松の木がしげった斜面や、けわしい崖や、せまい峡谷や、青い山頂が、見わたすかぎりひろがっていた。もはやパイア山は見当たらない。前方の山なみにくぼんだところがあり、木がしげっていたが、そこがアーチェンランド国からナルニアへとつづく峠道にちがいない。

「ブルゥ、フゥ、フゥ、北の国だ。緑の北の国だ！」ブリーが、いななないた。

たしかに低い丘は、南方に育ったアラヴィスとシャスタがこれまで想像したこともないほど青々としていて、新鮮に見えた。ふたつの川の合流地点へ大さわぎをしておりていくとき、みんなの気持ちは高まった。山の西のはずれの高い山から注ぎ出て東に流れる川は、あまりにも流れが急で、荒れていて、泳いでわたることなど思いもよらなかったが、川岸を上ったり下ったりしながらしばらくさがすと、やっと歩いてわたれそうな浅瀬があった。水がゴウゴウと流れ、しぶきをあげる音を聞き、馬のけづめに大きくできる水のうずや、すずしい風を感じ、つうっと飛ぶトンボたちにかこまれて、シャスタは不思議な興奮を覚えた。

「友よ、アーチェンランド国だ！」水しぶきをあげ、水をかきわけながら北側の岸にあがったブリーが、得意気に言った。「今わたったのが、《矢曲がり川》だな。」

「間に合えばいいんだけれど。」フィンがつぶやいた。

一行は、ゆっくりと山道をのぼっていった。山が険しいため、かなりジグザグに進むことになった。そこは、ひらけた公園のような場所で、道も家もない。あちこちに木々はあるが、林になるほど多くない。シャスタは、これまでほとんど木のない草地に住んでいたため、こんなにいろいろな種類の木を見るのは、初めてだった。シャスタにはわからなかったが、みなさんだったら、オークや、ブナや、シラカバや、ナナカマドや、クリの木があることがわかっただろう。近づいていくと、ウサギがパッと四方に逃げさり、やがてダマジカ〔夏に白い斑点《はんてん》の出るシカ〕の群れが木々のあいだを通るのが見えた。

「なんてすてきなところかしら！」と、アラヴィス。

最初の山の頂上まで来たとき、シャスタは鞍《くら》にまたがったまま、ふり返った。タシュバーンは、かげも形も見えなかった。砂漠が地平線のかなたまでひろがり、みんなが通ってきた細い緑の峡谷があるのみだった。

「おや！」シャスタが急に言った。「あれ、なに？」

「あれって、どれ？」ブリーも、ふり返った。フィンとアラヴィスも同じようにした。

「あれだよ。」シャスタは指さした。「けむりみたい。火事かな？」

「砂嵐だろう」と、ブリー。

「あまり風は吹いてないわ」と、アラヴィス。

「まあ！」フィンがさけんだ。「見て！　あのなかに、きらめくものがあるわ。見て！　兜《かぶと》よ。そして、鎧《よろい》。動いてる。こっちにやってくる。」

「なんてこと！」と、アラヴィス。「軍隊だわ。ラバダッシュ王子よ。」

「やっぱり」と、フィン。「恐れていたとおりだった。急いで！　先にアンヴァードに着かなくちゃ。」それ以上ひとことも言わずに、フィンはさっとむきを変え、北へむかって駈《か》けだした。ブリーは、頭をつきあげると、あとを追った。

「急いで、ブリー、急いで。」アラヴィスが肩越しにさけんだ。

この競走は、馬たちを疲弊させた。ひとつの尾根を越えるたびに、また谷があり、そのむこうにまた尾根があるという調子で、だいたい方角は合っているとわかってはいたものの、アンヴァードまでどれぐらいあるのか、だれも知らなかった。ふたつめの尾根をのぼったところで、シャスタはまたふり返った。こんど見えたのは、遠くの砂ぼこりではなくて、《矢曲がり川》のむこう岸をアリのようにうごめく巨大な黒いかたまりだった。どうやら浅瀬をさがしているらしい。

「やつら、川に着いたぞ！」シャスタは、声をかぎりに、さけんだ。

「急いで！　急いで！　アンヴァードに間に合うように着かなければ、なにもかもむだになる。」アラヴィスは、うしろをふり返って声をはりあげた。「ギャロップして、ブリー、ギャロップよ。あなた、軍馬だってこと忘れないで。」

シャスタも同じことをさけぼうとしたが、やめた。「かわいそうに、こいつはもうせいいっぱい走っているんだ」と思って、口をつぐんだのだ。たしかに馬たちは、せいいっぱい走っているつもりだった。けれど、「つもり」と実際はちがう。ブリーはフインに追いつき、二頭は、芝地の上を、肩をならべて、ものすごい勢いで走っていた。フインは、今にもおくれそうだった。

そのときだ。うしろから音が聞こえて、みんなの気持ちが一変した。それは、聞こえてくると思っていた音――カロールメン軍の鬨《とき》の声とともに、ひづめの音や武具のジャンジャラいう音――ではなかった。シャスタにはすぐ、それがなにかわかった。

アラヴィスとフィンに最初に出会ったあの月夜に聞こえたのと同じうなり声だった。ブリーにも聞き覚えがあった。ブリーの目は赤くかがやき、その耳は頭にペタンと平たくたおれた。そのときになって、ブリーは、自分がせいいっぱい速く走っていたわけではないと気づいたのだ。シャスタは、すぐ馬の変化に気づいた。ブリーは、本気になってがむしゃらに走り出した。数秒後、ブリーたちは、フィンよりずっと先を走っていた。

「こんなのひどいよ」と、シャスタは思った。「ここにはライオンなんかいないと思ったのに！」

シャスタは肩越しに、ふり返った。もはやまちがいようがない。巨大な黄褐色の生き物が、身を低くして、追いかけてきている。ちょうど庭に入りこんできた見知らぬ犬から逃げようとして、木にむかって芝生を駈けぬけるネコのような速さだ。ライオンはみるみる近づいてくる。シャスタはまた前をむいて、前方になにかわけのわからないものを見た。思ってもみないものだ。行く手をさえぎるのは、高さ三メートルほどの緑のなめらかな壁だった。そのまんなかに門があいている。その門の中央に、秋の葉の色のローブをはだしの足までまとった背の高い男性が立っていて、まっすぐな杖《つえ》によりかかっている。そのひげは、ひざにまで達しそうだった。

シャスタは、このようすを瞬時に見てとると、またうしろをふり返った。ライオンはフィンをつかまえそうになっている。フィンのうしろ足に飛びかかろうとしており、フィンは口から泡を出し、目を大きく見開いて、絶望の表情を浮かべていた。

「とまれ！」シャスタは、ブリーの耳もとで怒鳴った。「もどらなきゃ。助けるんだ！」

ブリーがあとで話したところによれば、このときブリーは聞こえなかったか、シャスタがなにを言っているのかわからなかったのだと言う。ブリーはうそを言わない馬だから、この言葉を信じてやらねばならない。

シャスタは、あぶみから両足をはずし、馬の左側に両足をそろえると、ほんの一瞬だけ恐怖でためらってから、飛びおりた。ものすごく痛くて、ほとんど息がつけなくなったが、どんなに痛いか感じる間もなく、シャスタはアラヴィスを助けにもどろうと、よろよろと歩きはじめた。そんなことは、これまでにしたこともなかったし、どうして今そうしているのか自分でもよくわからなかった。

世界一おそろしい音が――馬の悲鳴が――フィンの口から発せられた。アラヴィスがフィンの首にしがみついて身を低くしており、刀を抜こうとしているようだった。そして今や、アラヴィスとフィンとライオンは、そのままシャスタにむかって突進してきた。

シャスタのところに来る前にライオンはうしろ足で立ちあがり、ライオンがこんなに大きくなるのかと思うほどのびあがって、右の前足でアラヴィスにおそいかかった。

そのおそろしい爪がのびているのが、シャスタには見えた。アラヴィスは絶叫し、フインの上で身をよじった。ライオンに肩の肉を引きちぎられたのだ。恐怖で気が変になりそうになりながらも、シャスタはライオンにむかってよろよろと進んだ。武器もなければ、棒きれひとつ、石ころひとつ、持っていない。シャスタは、まるで犬にむかって怒鳴るように、ライオンにむかって「あっちへ行け、あっちへ行け」と、ばかみたいに怒鳴った。ほんの一瞬だが、シャスタはライオンの大きく開いたおそろしい口のなかをのぞきこんでいた。すると、まったくおどろいたことに、うしろ足で立ったままのライオンは、ふいに動きをとめたかと思うと、そのままくるりともんどりうってころげ、それからすっくと立ちあがると走りさったのだ。

シャスタは、ライオンがいなくなったとは少しも思わなかった。緑の壁に門があったことをこのときになって初めて思い出し、ふり返って、そこをめがけて駈けだした。フインがよろめき、気を失いそうになりながら、ちょうど門をくぐろうとしているところだった。アラヴィスはまだ乗っていたが、その背中は血だらけだった。

「入りなさい、娘よ。」ローブをまとったひげの老人は言った。それから、シャスタが息を切らしながら近づいてくると、「息子よ、入りなさい」と言った。シャスタはなかに入ると、うしろで門が閉まる音を聞いた。見知らぬひげの男は、すでにアラヴィスが馬からおりるのを手伝っていた。

そこは緑の芝生の生えた高い壁にかこわれた、完全にまるい空間だった。静かな水をたっぷりとたたえた池が前方にあった。地面と同じ高さまで水がある。池のいっぽうのはしには、シャスタが見たこともないほど大きくて美しい木が生えており、その枝は、池の水面《みなも》をすっかりおおうほど大きなかげを落としていた。池のむこうには低い石造りの家があり、屋根は古風な厚いわらぶきだった。メエという鳴き声がして、遠くのほうにヤギが何頭か見えた。平らな地面は、すっかりきれいな草におおわれている。

「あなたは――あの――あなたは、あの、」シャスタは、息を切らして言った。「アーチェンランド国の王さまですか？」

老人は首をふって、「いや」と静かな声で答えた。「わしは、南の国境の仙人だ。よいか、息子よ。質問をして時間をむだにせず、言うとおりにするがよい。この乙女は傷ついておる。馬どもは、つかれ切っていて動けぬ。ラバダッシュは、今にも《矢曲がり川》をわたる浅瀬を見つけるであろう。今、一時《いっとき》も休まず走ってゆけば、ルーン王に警告する時間は、まだある。」

シャスタは、もう力が残っていないと感じていたので、この言葉を聞いて心がなえた。そんなことを言われても、無理だし、できないと心のなかで苦しんだ。ひとつよいことをすれば、その結果、もっと困難な、もっとよいことをしなければならなくなるものだということを、シャスタはまだわかっていなかったのだった。シャスタは、ただこうたずねただけだった。

「王さまは、どちらなのですか？」

仙人はふり返って、杖で指し示した。「見よ。そなたが入ってきたこの門のむかい側に、もうひとつ門がある。あれをあけて、まっすぐに進みなさい。平らであろうと急な坂であろうと、なだらかであろうと岩だらけであろうと、乾いていようとぬれていようと、ひたすらまっすぐ進むのだ。わが魔法によって、まっすぐに行けば、ルーン王が見つかるとわかっておる。だが、走れ。走れ、走りつづけよ。」

シャスタは、うなずいて、北の門にむかって走り、そのむこうへ消えていった。それから、仙人は、それまでずっと左腕で支えていたアラヴィスをなかば抱きかかえるようにして、家のなかへ連れていった。かなりしてから、仙人は、また出てきた。

「さて、いとこたちよ」と、仙人は、馬たちに言った。「こんどはきみたちの番だ。」

応《こた》えを待つでもなく――実際、馬たちはつかれきっていて、口がきけなかったのだが――仙人は轡《くつわ》をはずし、鞍《くら》をはずしてやった。それから、王の馬番でさえ、これほどじょうずにはできないくらい、じょうずに馬たちをなでてすわらせた。

「さあ、いとこたちよ。心から重荷をおろして、安らぎなさい。ここに水があり、あそこに草がある。わしのほかのいとこたちであるヤギの乳しぼりがおわったら、そなたたちに熱いふすまがゆをやろう。」

ようやく声が出せるようになったフィンは、たずねた。「あのタルキーナは、だいじょうぶでしょうか。ライオンに殺されたのですか？」

仙人は、ほほ笑んで答えた。「魔法によって現在のことを多く知るわしでも、それはわからぬ。ゆえに、今宵、日がしずむときに、この全世界で、どの男や女や獣が生きているかはわからんのだ。だが、元気を出しなさい。あの娘は、寿命を全うするであろう。」

アラヴィスは、気がつくと、むき出しの石の壁のある、冷たいがらんとした部屋で、ものすごくやわらかい低いベッドにうつぶせに寝ていた。どうしてうつぶせだったのかはわからなかったが、寝返りを打とうとして、背中じゅうに焼けるような痛みを感じたとき、そのわけを思い出した。ベッドはヒースでできていたが、アラヴィスはヒースを見たこともなければ聞いたこともなかったので、なんでこんなにふわふわしているんだろうと、不思議に思った。（ヒースは、ベッドの材料にとてもよいのだ。）

ドアがあいて、仙人が手に大きな木の器を持って入ってきた。それを注意深く下に置いてから、まくらもとにやってくると、こうたずねた。

「どうかな、娘よ。」

「背中がとても痛いです。」アラヴィスは、言った。「でも、そのほかは、だいじょうぶです。」

仙人は、まくらもとにひざまずき、アラヴィスの額に手を置いて、それから脈をみた。

「熱はない。元気になるだろう。明日には起きあがれるかもしれない。だが、今は、これを飲みなさい。」

仙人は木の器を持ちあげ、アラヴィスのくちびるに当てた。それを味わって、アラヴィスは、つい顔をしかめた。ヤギの乳は飲み慣れていないと、かなりびっくりしてしまうものなのだ。しかし、とてものどがかわいていたので、すっかり飲みほし、飲んでしまうと、少しおちついた。

「さて、娘よ、いつでも眠たくなったら眠りなさい。痛みはあろうが、傷をきれいにして手当てしてあるから、鞭《むち》の切り傷ほども深刻ではない。あれは、まことに不思議なライオンだったのう。おまえを鞍から引きずりおろして嚙みつく代わりに、おまえの背中をひっかいただけなのだから。十のひっかき傷がある。痛いだろうが、傷は深くもなければ、重傷でもない。」

「まあ！」と、アラヴィス。「運がよかったのね。」

「娘よ」と、仙人。「わしはこの世に百九年生きているが、幸運《ラック》というものに出会ったことがない。今回のことについては、わしには理解できないところがある。だが、わかる必要があるとすれば、いずれわかろう。」

「ラバダッシュとその二百頭の馬は、どうなったのですか。」アラヴィスは、たずねた。

「こちらへはやって来るまい。ずっと東のほうの浅瀬を見つけたにちがいない。そこからアンヴァードへまっすぐ馬を走らせようというのだ。」

「かわいそうなシャスタ！」と、アラヴィス。「遠くまで行かねばならないのでしょうか。先に着けるかしら？」

「だいじょうぶであろう」と、仙人。

アラヴィスは、また横になって（こんどはいっぽうの側を下にして）言った。

「わたし、長いあいだ寝ていたのかしら。もう暗くなってきているようだけれど。」

仙人は、たったひとつの北むきの窓から外をながめて言った。

「これは夜の暗さではない。雲が《嵐が峰》からおりてきているのだ。悪い天気は、このあたりでは、いつもそちらからやってくる。今晩は霧が濃くなるだろう。」

あくる日、背中の痛みを別とすれば、アラヴィスはとても元気になったので、ポリッジとクリームの朝食のあと、起きてもよい、と仙人に言われた。もちろん、アラヴィスは、すぐに馬たちのところへ話しに出かけた。緑の壁のなかは、まるで日光にあふれた大きな緑色のコップのようだった。静かで、さびしい、とてもおだやかな場所だった。

フィンは、アラヴィスのもとへ駆《か》け寄って、馬ならではのキスをした。「ブリーはどこ?」アラヴィスは、おたがいに体調と睡眠についてたずねあったあとにたずねた。

「むこうよ。」フィンは、まるいかこいの反対側を鼻で指し示した。「あなたが言って話してくれるといいんだけど。ようすがおかしいの。あたしが話しかけても、ぜんぜん答えてくれないの。」

ふたりはゆっくりと歩いて、ブリーが壁に顔をむけて、横になっているところへ来た。それが聞こえていないはずはないのに、ブリーは、ふり返りもしなければ、ひとことも言わなかった。

「おはよう、ブリー」と、アラヴィス。「今朝は、どう?」

ブリーは、なにか口のなかで言ったようだが、聞きとれない。

「シャスタはルーン王さまのところに間に合って着いただろうって、あのおじいさんが言ってるわ」と、アラヴィスがつづけた。「だから、わたしたちの心配は、もうおわったのよ。ついにナルニアに行けるのよ、ブリー!」

「わたしがナルニアを二度と目にすることはない。」ブリーは低い声で言った。

「具合が悪いの、ブリー?」と、アラヴィス。

ブリーは、とうとうこちらをむいた。その顔には、馬にしかできない悲しい表情があった。

「わたしはカロールメン国にもどる」と、ブリーは言った。

「なんですって？」と、アラヴィス。「奴隷の暮らしにもどるの？」

「そうだ」と、ブリー。「奴隷の暮らしがお似合いなんだ。ナルニアの自由な馬たちに合わせる顔などないよ。わたしは、雌馬と女の子と男の子をライオンに食われるままにして逃げ出したんだ。なさけない自分が助かりたいばっかりに。」

「みんな、一所懸命走っただけよ」と、フィン。

「シャスタはちがう。」ブリーは、鼻を鳴らした。「あいつは正しい方向に走った。ひき返したんだ。それがなによりも、わたしには、はずかしい。百回も戦いに出た軍馬だとじまんしておきながら、小さな人間の男の子に負けてしまった。刀をにぎったこともなければ、人生で大したしつけも教育も受けていない、子馬のような子どもに！」

「そうね」と、アラヴィス。「わたしも同じ気持ちだわ。シャスタは、すばらしい子よ。わたしも、あなたと同じように、いけなかったわ、ブリー。あの子をずっと見下して、ばかにしてたけれど、今や、だれよりもすぐれているとわかったんだもの。でも、カロールメンにもどったりせずに、ここにいて、ごめんなさいと言ったほうがいいと思うけど。」

「きみたちは、それでいいだろうさ」と、ブリー。「きみたちは、はずかしいことをしていないからね。わたしはすべてを失ってしまった。」

「わが善良なる馬よ。」いつのまにか近くに来ていた仙人が言った。露にしめったやわらかい草の上を、はだしで、音もなく歩いてきたのだ。

「わが善良なる馬よ、そなたが失ったのは、うぬぼれだけだ。いや、いかん。耳をそらして、わしにたてがみをふってはならぬ。さっきそなたがそう言ったように、本当にはずかしく思うなら、理性に耳をかたむけねばならぬ。そなたは、あわれな口をきかぬ馬たちのあいだに暮らしていて、うぬぼれていたが、自分で思っていたほど偉大な馬ではなかったのだ。もちろん、口をきかぬ馬たちよりは勇敢で、かしこかったがな。それは、あたりまえのことだ。だからといって、ナルニアで特別な馬だということにはならぬ。だが、自分がどうということはないとわかっていれば、あれこれ考えあわせてみても、まあ、まともな馬ということにはなろう。さて、そなたと、もうひとりの馬のお友だちが台所の戸口まで来てくれるなら、例のふすまがゆの残り半分も分けてしまおう。」

第十一章

思いもよらぬ旅の道づれ

門から外へ出たシャスタは、ヒースがちらほら生えた草の坂が前方の木立までのぼっているのを目にした。もはやなにも考えることもなく、計画もない。とにかく走るのだ。ただひたすら走らなければならない。手足がふるえ、わき腹が痛くなってきた。汗がポタポタと目に入って、しみて目が見えなくなった。足もともおぼつかなくなり、ぐらつく石に一度ならず足をひねりそうになった。

まばらだった木々がしだいにうっそうとしてきて、ひらけた場所にはワラビがしげっていた。太陽はしずんでいたが、すずしくはない。ハエがいつもの二倍いるようなムッと暑い夜だった。シャスタの顔にもハエが群がってきたが、払いのけることさえしなかった。それどころではなかった。

突然角笛の音がした。タシュバーンの角笛のような大きな鼓動のような音ではなく、ピロッ、ト、ト、フォーという陽気な音だった。つぎの瞬間、シャスタはひろびろとした空き地に飛び出していて、たくさんの人にとりかこまれていた。

少なくともシャスタにはそう思われたのだが、実際のところは十五人か二十人ぐらいの緑の狩りの装束をつけた紳士たちで、馬を引いていた。鞍《くら》にまたがっている人もいれば、馬の轡《くつわ》を手にして立っている人もいる。中央では、馬に乗る人を助けて、あぶみを押さえている人がいた。馬に乗ろうとしている人は、太っていて、ぷっくりとしたりんごのようなほおをして、目をキラキラさせた、これ以上なく陽気な王だった。

シャスタが目に入るとすぐに、この王は、馬に乗ろうとしていたことを忘れて、腕を大きくひろげてシャスタを迎えた。顔色がパッと明るくなり、胸の奥からひびくような大きな低い声でこうさけんだ。

「コリンよ！　わが息子よ！　歩いてきたのか。ボロを着て！　なにが——？」

「いいえ。」シャスタは、あえぎながら首をふった。「コリン王子ではございません。ぼくは王子に似ていますが……タシュバーンで王子に会いまして……王子から、よろしくとのことでございました。」

王は、きわめて不思議な表情を顔に浮かべてシャスタを見つめていた。

「ル——ルーン王でいらっしゃいますか？」シャスタはあえぎ、それから答えを待たずに、こう言った。

「王さま——逃げてください——アンヴァードの——門を閉ざして——敵がせまっています——ラバダッシュ王子が二百騎の騎馬隊を連れてきます。」

「それはたしかか、こぞう。」ほかの紳士のひとりがたずねた。

「この目で、この目で見たんです」と、シャスタ。「タシュバーンから、ずっと先を争って走ってまいりました。」

「走ってきたのか？」その紳士は少しまゆをあげてたずねた。

「馬にも乗りました。仙人が――」

「もう質問はよしたまえ、ダリン卿《きょう》」と、ルーン王。「この子の顔を見れば、うそをついていないことはわかる。逃げねばならんな、諸君。その子に予備の馬を。きみは、馬を速く走らせられるかな？」

答えの代わりに、シャスタは自分のほうに連れてこられた馬のあぶみに足をかけ、ひらりとまたがった。この数週間のうちに数え切れないほどブリーにしてきたことだ。ブリーと出会った最初の夜に、まるで干し草の山にのぼるように馬にのぼるやつだと言われたときとは、まったくようすがちがっていた。

ダリン卿が王にこう言うのを聞いたとき、シャスタはうれしくなった。

「この子は本格的な馬乗りですな、陛下。きっと高貴な家の生まれにちがいありません。」

「生まれとな。そう、それが問題だ」と、王は言った。そして、もう一度あの不思議な表情を浮かべて、シャスタをじっと見つめた。そのゆるぎない灰色の目には、なにかがほしくてならないようすがあった。

けれども、このときには、全員がすばやい駈歩《キャンター》で移動をはじめていた。シャスタはじょうずにまたがっていたが、手綱をどうしたらいいのか、とほうにくれていた。これまでブリーの背に乗って、手綱にさわったことがなかったからだ。シャスタは、ほかの人たちがどうしているのかを、とても注意深く、目のはしで見て（パーティーで、どのナイフやフォークを使ったらいいのかわからないときにするように）ちゃんとにぎろうとした。ただし、本当に馬をあやつることはしなかった。馬がほかの馬についていってくれるだろうと思ったのだ。シャスタの乗っていた馬は、もちろんふつうの馬で、口をきく馬ではなかったが、背中に乗せた見知らぬ子が鞭《むち》もくれなければ拍車もかけず、自分をあやつることもしないことに気づく頭はあった。このためシャスタは、いつのまにか、一行のいちばんうしろからついていくことになった。

それでも、かなりな速さで進んでいた。もうハエはいなくなって、あたりの空気はさわやかだった。切れていた息も、もとにもどった。使者としての任務は果たされたのだ。タシュバーンに着いて以来初めて、シャスタは楽しく感じはじめた。（着いたのは、本当に昔に思える！）

山頂近くまで来たのではないかと思って見あげたが、残念なことに山頂はまったく見えない。ただ、ぼんやりとした灰色のものがこちらにむかってやってくる。シャスタは、これまで山国にいたことがなかったので、おどろいた。

「雲だ。雲がおりてくる。なるほど。この高い山では、空にいるようなもんなんだ。雲のなかって、どうなってるのかな。なんて楽しいんだろう！　ずっと知りたかったんだ。」

シャスタの左うしろのはるかかなたでは、日がしずもうとしていた。このころには、道がけわしくなってきて、一行はかなりスピードを出していた。シャスタの馬はあいかわらず最後尾を走っていた。一度か二度、道を曲がったとき（今では道の両側に林がつづいていたのだ）一瞬みんなを見失った。

それから、霧のなかに飛びこんだ。というより、霧が押し寄せてきたのだ。あたりは暗くなった。シャスタは、雲のなかがどんなに冷たくてしめっているか、そしてどんなに暗いのか、わかっていなかった。あたりは、おどろくほどの勢いで、どんどん暗くなっていった。

行列の先頭にいただれかが、ときどき角笛を吹いていたが、そのたびに、音は遠ざかっていった。シャスタからは、もうだれも見えなくなっていたが、どうせつぎの角を曲がれば見えるだろうと思っていた。ところが、角を曲がっても見えない。実のところ、なにも見えなくなっていたのだ。シャスタの馬は、今では歩いていた。

「たのむよ、馬さん、走ってくれ」と、シャスタ。そのとき、角笛がとてもかすかに聞こえた。ブリーはいつもシャスタに、かかとは外むきにするようにと言っていたので、かかとを馬のわき腹につき立てたらなにかおそろしいことが起こるのだろうと思っていた。今こそそれを試してみるときのように思った。

「いいかい、馬さん。走らないと、どうするか、わかるかい？　きみにかかとをつき立てるよ。本当にそうするよ。」しかし、馬はそうおどかされても、無視したので、シャスタはしっかり鞍にまたがり、ひざでぎゅっとしめつけ、歯を食いしばってから、馬の両わき腹を思いっきりかかとでけった。

馬は五、六歩ほど速歩《トロット》になったかと思いきや、また歩きはじめてしまった。あたりはすっかり暗く、角笛もやんでしまったようだ。聞こえるのは、木々の枝からポッンポツンとたれるしずくの音だけだった。

「まあ、歩いていても、どこかには着くだろう」と、シャスタは思った。「ラバダッシュとその軍隊に出くわさないといいんだけど。」

ずいぶん長いあいだ、歩く速さで進んでいた。馬がにくらしく思えてきて、そのうえ、とてもおなかがすいてきた。

やがて、道がふたつに分かれるところにきた。アンヴァードへ行く道はどっちだろうと思っていると、ふいにうしろから音がして、びっくりした。速歩《トロット》でやってくる多数の馬の音だ。

「ラバダッシュだ！」と、シャスタは思った。ラバダッシュがどちらの道をとるか、もちろんわかるはずはない。

「ぼくがいっぽうに入ったら、やつはちがう道に行くかもしれない。だけど、ここにいたら絶対つかまってしまう。」

　シャスタは馬からおりて、さっと右側の道に馬を引き寄せた。

　騎馬隊がどんどん近づいてきて、一、二分のうちに、このふたまたのところにまでやってきた。シャスタは、息を呑《の》み、どちらを進むのだろうと待ちかまえた。

「とまれ！」という低い命令の声がして、馬の鼻息、ひづめの音、轡《くつわ》の鳴る音、首がたたかれる音が聞こえたかと思うと、声が聞こえた。

「よいか、諸君。城まであとわずか二百メートルほどだ。命令を忘れるな。日の出前にはナルニアに着くはずだが、ナルニアではできるだけナルニア人を殺すな。この攻撃において、ナルニア人の一滴の血は諸君らの血一ガロン〔約四・五リットル〕よりも尊いと考えねばならない。この攻撃においては、だ。神々はきっと、ケア・パラベルと西の荒野のあいだでみな殺しにしてもよい機会をくださるだろう。だが、われらはまだナルニアに入ってはおらん。このアーチェンランド国では、話は別だ。このルーン王の城への攻撃においては、速さだけが問題だ。気骨を見せてくれ。一時間以内に城をわがものとしなければならん。城をうばったら、すべて諸君にやろう。わたしはなにひとつ自分の分捕り品にはすまい。城壁内にいるすべての野蛮人の男どもを殺せ。きのう生まれたばかりの子どもにいたるまで。そのほかのものは、諸君が好きなように、分ければよい。女も、金も、宝石も、武器も、酒も。門まで来てぐずぐずしているようなやつは、生きたまま焼き殺す。絶対にして容赦なきタシュ神の名において前進だ！」

パッカパッカという大きな音をたてて、軍隊は動きはじめ、シャスタはようやく息をついた。一行は反対側の道を進んだのだ。

二百騎の騎馬隊について一日じゅう話したり考えたりしていたものの、実際にどれぐらいいるのかわかっていなかったため、軍隊が通りすぎるまでずいぶん時間がかかったように思った。けれども、とうとう音が聞こえなくなって、ふたたびシャスタは、木々からしたたり落ちる水の音のなかで、ひとりぼっちになった。

これでアンヴァードへ行く道はわかったものの、そちらには進めなくなった。そんなことをすれば、ラバダッシュの軍隊に出遭ってしまう。

「どうしたらいいんだろう？」と、シャスタは考えた。そう思いながらも、もう一度馬にまたがって、どこかになにか食べさせてくれる小屋のようなものはないかという、かすかな希望を持って、自分が選んだほうの道を進んでみることにした。もちろん、仙人の家にいるアラヴィスやブリーやフィンのところへもどることも考えたが、もう方角がさっぱりわからなくなっていた。

「それでも、この道だって、どこかにつながってるはずだ」と、シャスタは思った。

しかし、その「どこか」とは、いったいどこなのか。道はたしかにどこかへはつづいていたが、ただ木が多くなるばかりで、どんどん暗くなり、しずくの音ばかり聞こえ、空気はますます冷えてきた。妙に冷たい風が霧を吹き寄せ、霧は決して晴れない。もしシャスタが山に慣れていれば、ここがとても高いところ、おそらくは山頂近くだとわかっただろうが、シャスタは、山のことはなにひとつ知らなかった。

「ぼくほど、ふしあわせな子は世界広しといえども、どこにもいやしない」と、シャスタは思った。「ぼく以外のみんなは、すべてがうまくいくのに。あのナルニアの貴族や貴婦人だって、タシュバーンから無事に逃れたのに、ぼくだけが取り残された。アラヴィスとブリーとフインは、あの仙人のおじいさんのところでぬくぬくしているっていうのに、ぼくだけが使いに出された。ルーン王とその家来たちは、きっと無事に城に入って、ラバダッシュが着くずっと前に門を閉めただろうけれど、ぼくだけがおいてきぼりだ。」

すっかりつかれ、なにも食べていなかったために、とてもみじめな気持ちになって、涙がほおを伝った。

泣いていられなくなったのは、急にこわいことが起こったからだ。シャスタは、なにかが、あるいはだれかが、近くを歩いているのに気づいたのだ。真っ暗なので、なにも見えない。そのなにか（あるいはだれか）は、とても静かに動いていて、足音はほとんどしなかった。聞こえたのは息づかいだ。目に見えないその相手は、大きく息を吸ったり吐いたりしていたので、とても大きな生き物のような感じがした。ふと気づいたら息づかいが聞こえていたのだ。いったいそれがいつからそこにいたのかわからない。背筋がゾッとした。

ふと思いついたのは、北の国々には巨人がいると、ずっと昔聞いた話だ。シャスタはこわくなって、くちびるを噛《か》んだ。本当に泣きだしてもいいときになって、涙がとまった。

そのもの（人でないとすれば）は、とても静かだったので、シャスタは気のせいではないかと思いはじめた。しかし、きっと気のせいだ、と思ってうれしくなったとたん、すぐ近くの暗闇から大きな深いため息が聞こえた。気のせいではなかったのだ！とにかくシャスタは、自分のかじかんだ左手に温かい息がかかるのを感じた。

もし馬が役に立つなら——あるいはこんな馬でも、なんとか走らせられるなら——シャスタは、猛スピードで馬を走らせて逃げたことだろう。しかし、この馬は走らせられないとわかっていた。だから、シャスタは歩く速さで進み、その見えない道連れも、そばで息をしながら歩きつづけた。とうとうシャスタは、もうがまんができなくなった。

「だれなの？」シャスタは、ささやくようにたずねた。

「きみが話すのをずっと待っていた者だ。」その声は、大きくはなかったが、とても深くしっかりした声だった。

「きみ、きょ、巨人なの？」シャスタは、たずねた。

「巨大と呼んでくれてもいいが」と、そのしっかりした声は言った。「きみたちが巨人と呼んでいる生き物ではない。」

「ぜんぜん見えないんだよ。」シャスタは、かなり目をこらしてから言った。それから（もっとこわいことを思いついてから）さけぶようにして言った。

「じゃ、きみは死んでるんじゃないよね？　どうか──どっかに行ってくれないか──ぼくがなにをしたっていうんだ？　ぼくって、なんてふしあわせなんだろう！」

シャスタは、もう一度自分の手と顔に温かい息を感じた。

「ほら」と、その声は言った。「これは幽霊の息ではないだろう？　なにが悲しいのか、話してごらん。」

シャスタはその息を感じて、少し元気づけられた。そこで、本当のお父さんやお母さんを知らないこと、漁師に厳しく育てられたことを話した。逃げ出してライオンに追われた話、命からがら泳がなければならなかったこと、タシュバーンでいろんなこわいめにあった話、墓場で夜をすごし、砂漠で野獣に吼《ほ》えられたこと、砂漠の旅の暑さとかわき、もう少しでアンヴァードに着くところでまたライオンに追われてアラヴィスが傷つけられたこと。それからもうずいぶん長いこと、なにひとつ食べていないことを話した。

「きみをふしあわせとは言わない」と、しっかりした声は言った。

「それほどたくさんのライオンにあっても運が悪かったとは思わないの？」

「ライオンは一頭しかいない」と、声は言った。

「どういうこと？　最初の晩に少なくとも二頭いたって話したでしょ？」

「一頭だけだった。ただ足が速かったのだ。」

「なんでわかるの？」

「私がそのライオンだったからだ。」

シャスタは、口をぽかんとあけて、なにも言わなかった。声がつづいた。

「きみをアラヴィスといっしょにさせたライオンは、私だったのだ。古《いにしえ》の王たちの墓場できみをなぐさめたネコは、私だったのだ。きみが眠っているあいだにジャッカルたちを追い払ったライオンは、私だったのだ。きみがルーン王に会うのが間に合うように、最後の一キロのところで馬たちに恐れの力を与えたライオンは、私だったのだ。そして私が、きみは覚えていないだろうが、死にかけた赤子だったきみの乗ったボートを岸まで押して、夜起きていた男がきみをひろうようにしむけたライオンだったのだ。」

「じゃ、アラヴィスを傷つけたのは、あなたなの。」

「私だった。」

「どうしてそんなことを？」

「子どもよ。」声は、言った。「私がしているのはきみの話であって、あの子の話ではない。私がするのは、その相手の話だけだ。」

「あなたは、だれなんですか？」シャスタはたずねた。

「私け私である。」

その声は、とても深く低かったので、大地がゆれた。そしてふたたび「私である」と、大きくはっきりとほがらかな声がひびき、三回めに「私である」と、ほとんど聞こえないほど静かなささやき声がしたが、それはまるであたり一面から聞こえるようで、木々の葉っぱがゆれているように感じられた。

シャスタは、その声は自分を食べるようなものではないし、おばけの声でもないとわかって、こわがるのはやめた。けれども、それとはちがった新しい、畏《おそ》れおののくような気持ちにとらわれた。しかも、うれしくもあったのだ。

真っ黒だった霧は、少しずつうすらいできて、白くなっていた。ずいぶん前からそうなっていたはずなのだが、この声と話しているあいだ、シャスタはほかのことに気づかなかった。今やあたりの白さは、かがやくばかりになっていた。まぶしくて、シャスタは目をぱちくりさせた。前方のどこかで鳥の声が聞こえる。ついに夜がおわったのだとわかった。自分の馬のたてがみと耳と頭が、かなりはっきり見えてきた。黄金の光が左のほうからさしてくる。太陽だと思った。

シャスタはそちらを見て、自分といっしょに歩いている、馬よりも大きなライオンを目にした。馬はライオンをこわがっているようすもなく、ひょっとするとライオンが見えていないのかもしれない。金色の光は、そのライオンから発せられていた。これほどおそろしく美しいものを見たことはなかった。

さいわいなことに、シャスタは、カロールメン国のずっと南のはずれに住んでいたために、「ナルニアにはライオンの姿で現れるおそろしい悪魔がいる」というタシュバーンでささやかれているうわさ話を聞いたことがなかった。もちろん、ナルニアのあらゆる王を支配する王、海のかなたの皇帝の息子、偉大なるライオンであるアスランについての正しい物語も知らなかった。けれども、ライオンの顔をちらりと見ると、シャスタは、鞍《くら》からすべり落ちるようにおりて、ライオンの足もとにしゃがんだ。なにひとつ言わず、またなにも言いたいと思わなかった。なにも言わなくてよいとわかっていたのだ。

あらゆる王のなかの最高の王であるアスランは、シャスタのほうへ身をかがめた。

そのたてがみと、そのたてがみからたちのぼる、不思議でおごそかな香りに、シャスタはつつまれた。ライオンは、シャスタの額に舌でさわった。シャスタは顔をあげ、目と目が合った。その瞬間、霧のうす明かりとライオンの火のようなかがやきとが光のうずのように混ざり合って、ひとつになったかと思うと、消えた。シャスタは草の生えた丘の上に、馬とともに、ひとりで立っていた。青空には、小鳥がさえずっていた。

第十二章

ナルニアでのシャスタ

「夢だったのかな?」シャスタは思った。けれども、夢であったはずがない。シャスタの前の草には、大きなライオンの右の前足のあとが、くっきりとついていたのだ。これほどはっきりとした足あとがつくなんて、どれほど重たい体だったのだろうと思うと、息がとまりそうだった。おどろいたのは、大きさだけではない。シャスタが見守るうちに、足あとの底に水がたまりだしたのだ。それがみるみる、ふちまであふれてきて流れ出し、小さな川となって、シャスタの前の草の上を丘のふもとへと流れていった。

シャスタは身をかがめて、水を飲んだ——たっぷり飲んだ——それから顔をつけて、頭にも水をかけた。水はすばらしくひんやりして、ガラスのようにすきとおっていたので、とてもさっぱりした。それから、シャスタは立ちあがると、耳に入った水を出し、ぬれた髪の毛を額からうしろにふりはらい、まわりを見わたした。

どうやら、まだ朝早いようだ。太陽はのぼったばかりで、右手のずっとかなた下のほうに見える森から顔をのぞかせていた。目にする景色は、まったく見覚えのないものだった。そこは緑の谷間の国で、その木立をぬって、北西のほうへ曲がりくねって流れる川がきらめいて見えた。谷のむこう側には、高く平らな岩山がならんでいたが、きのう見た山よりは低いものだった。シャスタは、自分が今どこにいるんだろうと思った。ふり返ってうしろを見ると、自分が立っている斜面は、はるかに高い山のとちゅうだとわかった。

「なるほど、あれがアーチェンランド国とナルニア国をへだてている大きな山脈だな。ぼくは、きのう、あれの反対側にいて、一晩でこっち側に出てきたんだ。なんてうまい具合にいったんだろう。いや、たまたまじゃない。《あの人》のおかげだ。ぼくは、今ナルニアにいるんだ。」

シャスタは、むきを変え、馬の鞍をはずし、馬具をはずしてやった。

「おまえは、ものすごくひどい馬だけれどね。」

馬は、そんな言葉を気にせず、すぐに草を食《は》みはじめた。シャスタのことなど、どうでもよかったのだ。

「ぼくも草が食べられたらなぁ」と、シャスタは思った。「アンヴァードにもどってもしょうがない。包囲されているだろうから。あの谷におりていってみたら、なにか食べものがあるかもしれないな。」

そこで、シャスタは、谷をおりた。（たくさん降りている露が、はだしの足にはひどく冷たく感じられた。）そのうち森に入っていた。獣道《けものみち》のようなものが通っていて、そこを十分も行かないうちに、ゼーゼーいうような、はっきりしない太い声が聞こえた。

「おはようさん、おとなりさん。」

シャスタは、話しかけてきたのはだれだろうと思って、さっとふり返った。それは、木々のあいだから出てきた、黒ずんだ顔をした、とげだらけの小さなひとだとわかった。少なくとも人間としては小さいのだが、ハリネズミとしてはかなり大きく、実際それは、ハリネズミだった。

「おはようございます」と、シャスタは言った。「でも、ぼくは、おとなりさんじゃありません。ここは知らない土地なんです。」

「そっかあ？」ハリネズミは、けげんそうに言った。

「ぼくは山を越えてきたんです、アーチェンランド国から。」

「ああ、アーチェンランド国かぁ」と、ハリネズミ。「そいつはまた、ずいぶん遠くから来たもんだなぁ。そんなところ、行ったこともねえなぁ。」

「それから、あのぅ、だれかに伝えたほうがいいと思うんですが、野蛮なカロールメン国の軍隊が今にもアンヴァードを攻撃しようとしているんです。」

「まさか！」ハリネズミは答えた。「だって、あんた、カロールメン国ってのは、なんでも何千キロも遠くの、この世の果ての、でかい砂漠の海のむこうにあるとかいう話じゃねえか。」

「そんなに遠くじゃないんです」と、シャスタ。「アンヴァードが攻撃されないように、なにか手を打つべきじゃないでしょうか。あなたの王さまにお伝えしたほうが？」

「そりゃそうだ。手を打たねばなんねえ」と、ハリネズミ。「しかし、おいらは、ちょうどお昼寝に行くところでねぇ。やあ、おとなりさん！」

最後の言葉は、道のどこかからふいに顔を出した、ビスケット色をした巨大なウサギにむかってかけられたのだった。ハリネズミは、シャスタから教えてもらったことをウサギにすぐに伝えた。ウサギは、それはたいへんな知らせだとわかって、なにか手を打つために、だれかに知らせなければならないと言ってくれた。

この調子で、ことは運んだ。数分ごとにほかの動物たちが加わっていった。頭上の枝から出てくるものもあれば、足もとの地下の小さな家から顔を出すものもあり、最後にはウサギが五匹、リスが一匹、カササギが二羽、ヤギ足のフォーンがひとり、それからネズミが一匹、みんないっせいに話して、ハリネズミの言うとおりだと言ってくれた。実は魔女が消えて長い冬がおわって、最大の王ピーターがケア・パラベルでナルニアを治めていた黄金時代のナルニアの小さな森の住人たちは、とても安全でしあわせだったので、かなりのんびりしていたのだった。

けれども、やがて、この小さな森に、もう少しものわかった人たちがやってきた。ひとりは赤こびとで、ダッフルという名前のようだった。もうひとりは雄鹿で、まだらの体と大きなうるんだ目をした美しく気品のある動物で、指でつまんで折れるのではないかと思えるほど細くて優雅な足をしていた。

「なんだと！」知らせを聞いたとたん、こびとが怒鳴った。「それならば、なにをここでくっちゃべっているんだ！　アンヴァードに敵が！　この知らせは、ただちにケア・パラベルにお伝えせねば。軍隊を招集するのだ。ナルニアは、ルーン王を助けに行かなければならぬ。」

「そだなあ」と、ハリネズミ。「だども、ピーター王はケア・パラベルにいらっしゃらねえよ。巨人退治に北へお出かけだ。巨人と言えばさ、みなの衆、思い出すんだが――」

「だれがこの知らせを伝える？」こびとが口をはさんだ。「おれよりも足の速いのはだれだ？」

「わたしは速いです。」雄鹿が言った。「どうお伝えすれば？　カロールメン軍は、どれぐらいいるのですか？」

「二百です。ラバダッシュ王子が率いています。それから――」けれども、雄鹿はもうとっくにいなくなっていた。あっという間に地面をけって、その白いおしりは、はるか遠くの木々のあいだに見えなくなっていた。

「どこへ行くつもりかねえ？」ウサギが言った。「ケア・パラベルには、王さまはいらっしゃらねえってのに。」

「ルーシー女王がいらっしゃる」と、ダッフル。「それに――おや？　この人間の子はどうしたんだ？　顔色が真っ青だ。なんと気を失いかけている。おそらく、腹をすかせているんだろう。最後に食事をしたのはいつだい、若いの？」

「きのうの朝です。」シャスタは、弱々しく言った。

「それじゃ、さあ、来たまえ。」こびとは、すぐにその太く小さな腕をシャスタの腰にまわして支えてやった。「おい、みんな、飢えたこの人をほっておくなんて、はずかしいと思わんか。いっしょに来たまえ、きみ。朝食だ！　おしゃべりをしている場合じゃない。」

こびとは、気づかなかった自分をぶつぶつと責めながら、大あわてで、シャスタの体を抱えるようにして森の奥へどんどんと進んで行き、小さな丘をくだった。このときのシャスタには、それ以上歩きたくない距離だった。林をぬけて、がらんとした丘の斜面に出たときには、足ががくがくになっていた。そこには煙突からけむりの出ている小さな家があり、開いた戸口に近づきながらダッフルが声をかけた。

「おい、兄弟たち！　朝食のお客さんだ。」

ただちにじゅうじゅうと焼けるような音とともに、とてもおいしそうなにおいがただよってきた。こんなにいいにおいを、シャスタはかいだことがなかったが、みなさんなら、かいだことがあるだろう。それは、ベーコンエッグとマッシュルームが、フライパンで焼かれるにおいだった。

「頭に気をつけて。」ダッフルが言ったときには、手おくれだった。低い入り口にシャスタは額を打ちつけてしまっていた。

「さあ」と、こびとは言った。「すわってください。テーブルは低いかもしれないが、椅子も低いからね。それでいい。さ、これがポリッジです。それからクリーム。そして、スプーンをどうぞ。」

シャスタがポリッジを食べおわったころには、こびとのふたりの兄弟（名前をロゥギンとブリックルサムと言った）が、ベーコンエッグとマッシュルームのお皿、コーヒーポットと熱い牛乳、それからトーストをつぎつぎとテーブルの上に置いてくれた。

カロールメン国の食事とはずいぶん変わっていて、シャスタにはどの料理も初めてで、すばらしく思われた。シャスタはトーストなど見たことがなかったので、この茶色い平べったいものがなんなのか知りもしなかった。トーストに塗る黄色いやわらかいものがなんなのかも知らなかった。カロールメンではバターの代わりに、たいてい油を塗るからだ。そして、家それ自体も、魚のにおいでムッとするアルシーシュの暗い小屋とはかなりちがっていた。タシュバーンの宮殿にある、柱がならぶカーペットがしかれた広間ともちがっていた。こびとの家の屋根はとても低く、なにもかも木でできており、ハト時計があり、テーブルには赤と白のチェックのテーブルクロスがかけてあり、野の花が花瓶に生けてあり、厚いガラスのはまった窓には小さな白いカーテンがかけられていた。こびとのカップや、お皿や、ナイフや、フォークを使うのは、かなりめんどうでもあった。お皿にたいした量は盛れなかったが、何度おかわりしてもよかったので、シャスタのお皿やカップには何度もおかわりがなされ、そのたびごとに、こびとたち自身も、「バターをとってくれよ」とか、「コーヒーをもういっぱいおくれ」とか、「マッシュルームをもう少しちょうだい」とか、「もっと卵を焼かないか」などと言うのだった。とうとうおなかがいっぱいになると、三人のこびとたちは、だれが洗いものをするか決めるためにくじ引きをして、ロウギンがその役に当たった。それから、ダッフルとブリックルサムは、シャスタを外に連れ出し、小さな家の壁にくっついているベンチにすわらせてやり、三人はそこで足をのばして、フッと満足のため息をついた。ふたりのこびとたちは、パイプに火をつけた。葉の上の朝露は、もうすっかりなくなっていて、太陽は暖かく、実のところ、そよ風がなければ暑いくらいだった。

「さあて、旅の人」と、ダッフルは言った。「この国のことを教えてあげよう。ここからナルニアの南のほうがほぼぜんぶ見えるんだ。かなりじまんの景色だよ。左のほうには、あの丘のむこうに、西の山脈が見える。そして、右のほうのあのまるい丘が、石舞台の丘と呼ばれている丘だ。ちょうどそのむこうの――」

ところが、そのときシャスタのいびきが聞こえてきて、ダッフルは話すのをやめた。一晩じゅう旅してきて、おいしい朝ごはんを食べたために、すっかり眠りこんでしまったのだ。やさしいこびとたちは、これに気がつくと、起こさないようにと、たがいに合図をしたが、ささやいたり、うなずきあったり、立ちあがったり、そっと歩きさったりしたために、シャスタがこれほどつかれていなければ、目をさましていたところだった。

シャスタは、ほとんど一日じゅう眠っていたが、夕食の前に目をさました。この家のベッドはあまりに小さすぎたので、こびとたちは、床の上にすてきなヒースのベッドを新しく作ってやった。そこで一晩じゅう、シャスタは身じろぎもせず、夢も見ずに眠りこけた。翌朝、朝ごはんを食べおえたとき、外からするどい、わくわくするような音が聞こえた。

「ラッパだ！」

シャスタといっしょに外に飛び出していったこびとたちが、さけんだ。

ラッパは、もう一度鳴った。シャスタの聞いたことのない音だった。タシュバーンの大きくて荘厳な角笛ともちがったし、ルーン王の陽気で楽しい狩りの角笛ともちがい、するどく澄んだ勇ましい音だった。ラッパの音は、東のほうの森から聞こえてきた。やがて、それにまじって、ひづめの音がしてきた。すぐに隊列の先頭が見えてきた。

先頭を走るのは、ナルニアの大きな旗をかかげて鹿毛の馬に乗るペリダン卿《きょう》だった。緑の地に赤いライオンが描かれた旗だ。シャスタには、すぐペリダン卿だとわかった。やがて、三人の人が――ふたりは大きな軍馬にまたがり、ひとりは小馬に乗って――横一列にならんでやってきた。軍馬に乗っていたのはエドマンド王と、とても陽気な顔をした金髪の貴婦人だった。貴婦人は、兜《かぶと》をつけ、鎖帷子《くさりかたびら》をまとって、肩に弓を背負い、腰には矢のたくさん入った矢筒をつけていた。(「ルーシー女王だ」と、ダッフルが小声で言った。)小馬に乗っていたのは、コリンだった。そのあとから、主部隊がやってきた。ふつうの馬に乗った男たち、口をきく馬(ナルニアが戦《いくさ》をするといった非常事態においては、人を乗せることを嫌がらないのだ)に乗った男たち、半人半獣《ケンタウロス》たち、百戦錬磨のおそろしいクマたち、口をきく巨大な犬たち、そして最後に六人の巨人たちがつづいた。ナルニアには善良な巨人もいたのだ。けれども、それが味方だとわかっても、シャスタはこわくて、目をそむけてしまった。慣れないと、なかなかできないこともある。

王と女王が家に着くと、こびとたちは深々とおじぎをして、エドマンド王が全軍に呼びかけた。

「さて、諸君！　小休止をして食事だ！」すると、大勢の人がザワザワと馬からおり、背負っていた荷物をあけて、会話がはじまった。そのとき、コリンがシャスタのもとへ駆《か》け寄ってきて、両手をつかんで、さけんだ。

「なんだ！　きみじゃないか！　無事だったんだね。うれしいなあ。これからおもしろいことになるよ。それにしても、よかったじゃないか。ぼくらは、きのうの朝になって、ケア・パラベルの港に着いて、そこで最初に会ったのが、アンヴァードへの攻撃の知らせを教えてくれた雄鹿のチャヴィーなんだ。きみは——」

「殿下のお友だちは、どなたかな？」馬からおりたばかりのエドマンド王がたずねた。

「わかりませんか、陛下？」と、コリン。「ぼくのそっくりさんです。陛下がタシュバーンで、ぼくとまちがえた男の子です。」

「本当にそっくりさんだわ。」ルーシー女王がさけんだ。「まるでふたごね。びっくりだわ。」

「どうか、陛下。」シャスタは、エドマンド王に言った。「ぼくは、裏切り者じゃないんです。本当です。みなさんの計画をつい聞いてしまっただけです。敵に話そうなんて夢にも思ったことはありません。」

「きみが裏切り者でなかったことは、今ではよくわかる」と、エドマンド王はシャスタの頭に手を置いて言った。「だが、裏切り者にまちがわれたくなければ、つぎからは、よその人の話を聞かないようにするのだな。まあ、もうよい。」

そのあと、かなりざわついてバタバタしたために、シャスタはしばらくのあいだ、コリンとエドマンド王とルーシー女王を見失った。けれども、コリンは、ずっとおとなしくしているような少年ではなかったので、エドマンド王が大声でこう言っているのが、やがて聞こえてきた。

「アスランのたてがみにかけて、殿下、これはあんまりですぞ。殿下は、いい子にはなれないのですか。わが軍全体を合わせたよりも手がかかる。殿下よりもスズメバチの軍隊を指揮したほうが、ましなぐらいだ。」

シャスタは、人混みのなかをかきわけていって、そこにとても怒った顔をしたエドマンド王を見つけた。その前には、少し申しわけなさそうにしているコリンがおり、見たことのないこびとが地面にすわって、しかめ面をしていた。ふたりのフォーンが、どうやらこのこびとの鎧《よろい》をはずすのを手伝っているようだ。

「あのお薬を持ってきていたら」と、ルーシー女王が言った。「すぐに治してあげられるんだけど。でも、ピーター王が戦争にしょっちゅうお薬を持っていってはいけないと厳しくお命じになって、重傷者にだけ使うようにとおおせだったのだもの。」

実際に起こったのは、こういうことだった。コリンがシャスタに話しかけたそのあとで、コリンのひじは、ソーンバットというこびとの軍人につかまれた。

「なんだい、ソーンバット？」と、コリンはたずねた。

「殿下」と、ソーンバットは、コリンをわきへ引き寄せて言った。「今日の行進で、われわれはせまい道を越え、殿下のお父上の城へ到着することになります。夜の前に戦《いくさ》となるかもしれません。」

「わかってるよ」と、コリンが言った。「すごいじゃないか？」

「すごいかどうかはともかく」と、ソーンバット。「エドマンド王からの厳しいお達しで、殿下は戦に参加なさってはならないのです。ごらんになるのはかまいませんが、殿下はお小さいのですから、ごらんいただくだけでも特別のあつかいなのです。」

「ばかなことを言うなよ。」コリンは、さけびだした。「もちろん、ぼくも戦うさ。ルーシー女王だって、弓矢隊といっしょに行くんだぜ。」

「女王陛下は、なさりたいようになさってけっこうなのです」と、ソーンバット。「しかし、殿下にはわたしの言うとおりにしていただかなければなりません。わたしの小馬のとなりで、おとなしく小馬に乗ったまま、わたしがいいと言うまでは、首半分とて前には出ぬと、王子としておごそかにお誓いください。さもなければ、これは陛下のお言葉ですが、囚人のように、殿下の手首をわたしの手首としばりつけなければなりませんよ。」

「ぼくをしばろうなんてしたら、おまえをなぐりたおすぞ」と、コリン。

「たおせるものなら、やってごらんになるがよいでしょう」と、こびと。

それだけでコリンのような男の子には、もうじゅうぶんで、あっという間に、こびとと激しい取っ組み合いのけんかがはじまった。コリンのほうが腕が長く、背丈もあったが、こびとは年上で、体もがんじょうだったので、互角の勝負となるところだった。ところが、運悪くソーンバットは（足もとの悪い丘の斜面でけんかをすると、そういうことがよくあるが）ぐらぐらした石に足をとられて、地面に鼻をしたたか打ち、起きあがろうとして、くるぶしをひねってしまい、けんかがつづけられなくなってしまった。そのあと少なくとも二週間、歩くことも馬に乗ることもできないほどのひどい痛みだった。

「殿下、なにをなさったのです」と、エドマンド王が言った。「これから戦だというのに、りっぱな兵士をひとりだめにしてしまったではありませんか。」

「ぼくが代わりに戦う」と、コリン。

「いやいや」と、エドマンド王。「殿下の勇気を疑う者はいないが、子どもを戦に出せば、出したほうがひどいめにあうのだ。」

そのとき王は別の用事で呼び出され、コリンは、こびとにきちんとあやまったあとで、シャスタのところに駈け寄ってきて、ささやいた。

「急いで。ほら、ここにあいている小馬があるし、こびとの鎧もある。気づかれないうちに着けちまえよ。」

「どうして？」と、シャスタ。

「もちろん、ぼくといっしょに戦で戦えるようにさ。戦に行きたくないの？」

「えっと。あのぅ。行きたいさ、そりゃ」と、シャスタ。

しかし、シャスタはそんなことをするとは少しも考えていなかったので、背筋のところがムズムズするような居心地の悪さを感じた。

「よし」と、コリン。「頭にそれをつけて。それから剣のベルトだ。だけど、隊のうしろから、ネズミみたいにそっとついて行かなきゃだめだよ。いったん戦がはじまっちゃえば、みんな、ぼくらのことなんか、かまっていられなくなるさ。」

第十三章

アンヴァードの戦い

十一時ころまでに、全軍はふたたび進軍をはじめ、左手に山脈を見ながら西へ馬を進めた。コリンとシャスタは、巨人たちのすぐあとから軍のいちばんうしろについて小馬を進めた。ルーシーとエドマンドとペリダン卿は、戦の計画にいそがしく、ルーシーが一度「あのいたずら者の殿下はどこかしら」と、たずねたにもかかわらず、エドマンドは「前線にはいない。それで十分だ。放っておけ」と答えただけだった。

シャスタは、コリンに自分の冒険談をあらかた話して、馬の乗りかたは馬から教えてもらっただけで、実は手綱の使いかたを知らないのだと言った。コリンは使いかたを教えてやり、タシュバーンからひそかに船に乗って逃げてきた話をすっかり話してやった。

「それで、スーザン女王はどこなの？」

「ケア・パラベルさ」と、コリン。「スーザンは、ルーシーとはちがうんだ。ルーシーは男みたいというか、まあ、男の子みたいだろ。だけど、スーザン女王は、ふつうってしまうのさ。戦に出たりしないんだよ、弓がすごくうまいのに。」

全軍が進んでいた山道は、どんどんせまくなっていき、右手に落ちこむ崖《がけ》は急になっていった。全軍は崖っぷちを一列になって進んだ。シャスタは、ゆうべも、そうと知らずにここを歩いたのだと思うと、ブルッとふるえた。

「だけど、もちろん」と、シャスタは思った。「まったく安全だったんだ。あのライオンがぼくの左側を歩いてくれてたから。ずっと、ぼくと崖のあいだにいてくれたんだ。」

それから道は左へ、崖から離れるように南へとむかい、道の両側には、こんもりとした森が現れ、全軍は急な坂をのぼりはじめた。道がひらけていれば、山頂からのながめはすばらしかっただろうが、これほど木々にかこまれていては、なにも見えなかった。ただ、ところどころで、森のこずえより高くそそりたつ巨大な岩の頂が見え、ワシが一羽か二羽、青空高く飛びまわっていた。

「戦のにおいをかぎつけたんだ。」コリンは、ワシを指さしながら言った。「えさにありつけるとわかっているんだよ。」

シャスタは、ぞっとした。

全軍がせまい峠を越え、かなり下までくだって、ひらけたところに出ると、眼下には、アーチェンランド国が青くかすんで見えた。遠くのほうには、砂漠があるようにも思えたが、あと二時間もすればしずみそうな太陽がまぶしくて、はっきりと見ることはできなかった。

ここで軍隊はとまり、横一列にひろがり、大がかりな再編成が行われた。これまでシャスタが気づかなかった、とても強そうな口をきく動物たちの部隊（ヒョウやパンサーといったネコ科の動物だった）がうなり声をあげて、左翼についた。巨人たちは右翼へつくように命じられ、そこへ行く前に背中にかついできたふくろから、なにかを取り出してしばらくすわっていた。なにをかついできたのか、シャスタには見えた。巨人たちは、ひざまであるおそろしく重たい、とげのついたブーツをはきはじめていたのだった。それから、肩に巨大なこん棒をかつぐと、持ち場へと行進した。ルーシー女王といっしょにいた弓矢隊は後方へまわった。弓矢をつがえて、弓をテストするビンビンという音が聞こえてくる。どこを見ても、帯をしめたり、兜《かぶと》をつけたり、剣を抜いたり、マントを地面に投げすてたりする人ばかりだった。話し声は、ほとんどしない。とてもおごそかで、とてもこわい感じだった。

「たいへんなことになっちゃった。本当にたいへんなことになっちゃった」と、シャスタは思った。そのとき、ずっと前のほうから音がした。大勢の人たちがさけんで、ドーンドーンという音がつづいている。

「あれは、巨大な槌《つち》の音だよ。」コリンがささやいた。「あれで城門をたたきこわすんだ。」

さすがのコリンも、すっかり真剣な顔つきになっていた。

「どうしてエドマンド王は、突撃をかけないのかな」と、コリン。「こんなふうに待ってるのはたえられないよ。寒いし。」

シャスタはうなずいた。自分がおびえた顔をしていなければいいなと思いながら。

ついにラッパの音がひびいた！　さあ、突撃だ。みんな駆《か》けだして、小旗が風にはためいた。軍が低い尾根を越えると、ふいに眼下に全体の景色がひらけてきた。塔がたくさん建ちならぶ小さな城があり、こちら側に城門がついている。残念ながら、堀はなかったが、城門はもちろん閉ざされ、格子がおりていた。城壁の上には、城を守る人たちの顔が白く点々と見えた。その下では、五十人ほどのカロールメン人たちが馬からおりて、巨大な木の幹を何度も城門にぶつけている。ここで突然戦況が変わった。ラバダッシュ軍の主部隊は、馬からおりて城門を攻撃しようとしていたが、ナルニア軍が尾根からどっと押し寄せてくるのを目にしたのだ。このカロールメン軍は、すばらしい訓練を受けていたにちがいない。全軍が馬にまたがり、こちらを迎え撃つために大きくひろがって進んでくるのは一瞬のことだったようにシャスタには思えた。

そして今、どちらの軍も全速力で駆けている。両軍のあいだが刻一刻とせばまっていく。どんどん速さを増していく。さらに速く。あらゆる剣が抜かれ、すべての盾が前へつき出され、全員が祈りの言葉を唱えている。歯を食いしばっていない者はいない。シャスタは、ひどくおびえていた。しかし、ふいに思いついたのだ。

「ここで怖《お》じ気《け》づいたら、今後あらゆる戦で怖じ気づくことになるぞ。ここが、ふんばりどころだ。」

そうは言うものの、ついにふたつの前線が出会ったとき、なにがどうなったのか、ほとんどわからなかった。おそろしい混乱と、おどろくべき騒音が、あたりを満たした。シャスタの剣は、すぐに手からたたき落とされてしまった。手綱がからまって、バランスをくずした。槍《やり》に突かれそうになって、それをさけようと身をかがめたひょうしに馬からころげ落ち、左のこぶしをだれかの鎧《よろい》にしたたか打ちつけて、それから――

でもここで、シャスタから戦がどう見えたのかということを書いてもしかたがあるまい。シャスタには、そもそも戦というものがわかっていなかったし、自分がなにをしているのかもわからなかったのだから。それよりも、何キロも離れたところで、南の国境の仙人がブリーとフインとアラヴィスといっしょに、大きな枝をひろげた木の下で静かな池をながめているようすをみなさんにお話ししたほうが、なにがあったのかおわかりいただけるだろう。

というのも、この仙人の住む緑の小さな家の外でなにが起こっているのかを知りたいとき、仙人はこの池をのぞきこむのだ。例えばタシュバーンよりはるか南にある町でなにが起こっているのかを、池は鏡のように映し出してくれる。遠くの七ツ島諸島の《赤港《レッドヘイヴン》》にどんな船が入ってきたか、《街灯の跡地》とテルマール国のあいだの西の大きな森にどんな盗賊や野獣がうごめいているのか、この池を見ればわかるのだ。

この日、仙人は、アーチェンランド国で大事件が起こると知っていたので、食事をするときもこの池から離れなかった。アラヴィスと馬たちも、じっと池を見つめていた。それが魔法の池だと、みんな、わかっていたのだ。近くの木や空が映りこむ代わりに、池の底には、ぼんやりと色のついた形がいつもうごめいていた。けれども、三人にははっきりとは見えなかった。仙人には、はっきりと見えていて、ときどき、なにが見えるのかを教えてくれた。シャスタが初めての戦に参加する少し前に、仙人はこのように話しはじめていた。

「見えるぞ――ワシが一羽、二羽、三羽、《嵐が峰》のあいだを旋回している。一羽はワシのなかでもいちばん年をとったワシだ。あれは、戦が起こらないかぎり出てくることはない。アンヴァードのほうをのぞきこんだり、東の《嵐が峰》のむこうをのぞいたりしながら行ったり来たり旋回をしている。ああ――ラバダッシュ王子とその軍隊が一日じゅうなにをいそがしくやっていたのかがわかった。大きな木を一本切りたおし、枝を払って、そいつを城門にたたきつける槌《つち》として森から運び出してきたんだ。ゆうべの襲撃の失敗から学んだようだな。ラバダッシュがもう少しりこうだったら、部下にはしごを作らせただろうに。それには時間がかかりすぎるし、やつは気が短い。おろかなやつだ。やつの計画は、敵のすきをつく奇襲だけなんだから、最初の襲撃に失敗した以上、タシュバーンに引き返すべきなのに。いよいよ槌を位置につけたぞ。ルーン王の兵士たちは城壁から矢を懸命に射かけている。五人のカロールメン兵士がたおされた。だが、大勢はたおされんだろう。盾を頭の上にかかげているからな。ラバダッシュ王子が号令を出した。やつといっしょにいるのは、最も信頼のできる東部諸州の勇猛なタルカーンたちだ。顔が見えるぞ。トルムント城のコラディンと、アズルーと、クラマッシュと、くちびるのねじれたイルガムスがいて、それから、あの赤いひげを生やした背の高いのは――」

「アスランのたてがみにかけて、わたしのかつての主人アンラディンだ！」と、ブリー。

「静かに」と、アラヴィス。

「槌が動きはじめた。あの音が聞こえたら、すさまじい音だったことだろう！　何度も門にぶつけている。あれでは、どんな城門ももつまい。だが、待て！　《嵐が峰》の上のほうで、鳥たちがなにかにおどろいている。なにかが押し寄せてくる。待てよ……。まだよく見えない……。ああ！　見えたぞ。東側の尾根筋全体が騎馬隊で黒くうまっている。あの軍旗が風でひるがえって、旗のもようが見えればいいのに。どこの軍かわからぬが、今、尾根を越えてきたぞ。ああ、旗が見えた。ナルニアだ。ナルニアの旗だ。赤いライオンの紋章がある。ものすごい勢いで全軍が丘をおりてきたぞ。エドマンド王が見える。弓矢隊のなかには女性もいる。お！――」

「どうしたんですか。」フィンが息を呑《の》んで、たずねた。

「前線の左翼からネコたちが飛び出した。」

「ネコたち？」と、アラヴィス。

「大きなネコだ。ヒョウの仲間だ。」仙人は、じれったそうに言った。「見えるぞ、見えるぞ。ネコたちは、乗り手がおりた敵の馬たちをぐるりととりかこんで、飛びかかろうとしている。うまいぞ。カロールメン軍の馬たちは、もうおびえて大さわぎだ。さあ、ネコたちが飛びかかったぞ。だが、ラバダッシュは軍を再編して百人の部下を馬にまたがらせた。ナルニア軍を迎え撃とうと立ちむかってくる。両軍のあいだは、百メートルしかない。五十メートルになったぞ。エドマンド王が見える。ペリダン卿《きょう》も。子どもがふたりいるぞ。なんであんな子どもを、王さまは戦に出したんだ？　十メートルだ。ぶつかったぞ。ナルニアの右翼にいる巨人たちは、すばらしい活躍だ……だが、ひとりがたおされた……目を撃たれたんだな。中央は大混乱だ。左翼のほうがよく見える。さっきのふたりの男の子がまた出てきた。なんたるこった！　ひとりはコリン王子だ。もうひとりは、そっくりの子だ。あなたがたの小さなシャスタだ。コリンは、大人顔負けに戦っておるわ。カロールメン軍の兵士をひとり殺した。中央のほうも少し見えてきた。ラバダッシュとエドマンドは、ほとんど出会いそうだったが、人の流れに押されて離ればなれになった。」

「シャスタはどうなった？」と、アラヴィス。

「あ、ばか者め！」仙人は、うなった。「あわれで勇敢な小さなおろか者め。なにをしとるか、自分でわかっておらん。盾の使いかたがなっちゃいない。わきががらあきだ。剣をどうしていいのか、ちっともわかっておらんな。おや、思い出したか。めちゃくちゃに振りまわしている。自分の小馬の首を切り落としそうだ。気をつけんと、すぐにそうなろう。剣を手からたたき落とされおった。こんな戦に子どもを送りこむとは、人殺しのようなものだ。五分と生きておれんだろう。ばかめ、頭をさげんか。あ、落ちた。」

「殺されたのですか？」三人は、かたずを呑んでたずねた。

「わからんな」と、仙人。「ネコの部隊が相手をやっつけたぞ。乗り手のいない馬たちはみな殺されたか、逃げ出しおった。カロールメン軍は、もう馬に乗って退却できん。こんどは、ネコの部隊が主たる合戦へもどっていく。槌《つち》をぶつけている連中に飛びかかった。槌が落ちた。いいぞ、いいぞ！　門が内側から開く。包囲された側の出撃だ。最初の三人が飛び出した。まんなかにルーン王がいる。王の兄弟のダール卿とダリン卿がその両側についている。あとからトラン卿、シャール卿、コール卿、そしてその弟のコーリン卿がつづいている。十人——二十人——三十人近く出てきたぞ。カロールメン国の前線が押しもどされている。エドマンド王の剣さばきはみごとなもんだ。カロー王がコラディンの首をはねたぞ。カロールメン軍は、大勢武器を捨てて森へ逃げ帰っている。残った連中も押し返された。巨人たちが右からせまる。左からはネコの部隊だ。ルーン王がうしろからせまっている。カロールメン軍は、もうほんのひとにぎりだ。背中合わせに戦っているぞ。ブリー、おまえのタルカーンがたおされたぞ。ルーン王とアズルーの一騎打ちだ。王が勝ちそうだ——王がうまく立ちまわっている——王が勝った。アズルーがたおれた。こっちではエドマンド王がたおれた。いや、また立ちあがって、ラバダッシュに斬りかかった。城門のまん前で戦っている。何人かカロールメン人が降伏した。ダリン卿がイルガムスをたおした。ラバダッシュがどうなったのかよくわからない。城の壁に寄りかかって死んでいるようだが、はっきりしない。クラマッシュとエドマンド王はまだ戦っているが、ほかのところでは戦はおわっている。クラマッシュが降伏した。戦はおわったのだ。カロールメン軍の完敗だ。」

シャスタは、馬から落ちたとき、もうだめだとあきらめていた。しかし、馬というのは、戦においても、それほど人間を踏みつけはしないものだ。最初の十分はおそろしい思いをしたが、やがて近くに地面を踏みしめる馬がもういないことに気がつき、あたりで聞こえている騒音は戦の音ではないと、シャスタはふいに気づいたのだった。あたりをよく見てみた。戦のことをあまりよく知らないシャスタでさえ、アーチェンランド軍とナルニア軍が勝ったことは、すぐにわかった。カロールメン軍で生き残っている者は捕虜となっており、城の門は大きく開け放たれ、ルーン王とエドマンド王は、槌の両側から手をのばして握手していた。まわりの騎士たちや兵士たちのなかから、息を切らしながらも興奮した、いかにもうれしそうな話し声が起こった。それから急に、その声はひとつとなって、大きな笑い声にふくれあがった。

シャスタはひどく硬く感じられる体を起こすと、なにがおかしいのだろうと思いながら、その笑い声のほうへ駈《か》け寄った。とても不思議な光景が見えてきた。不運なラバダッシュが城壁からつり下げられているらしい。足が地面から六十センチほど浮いていて、バタバタと宙をけっていた。その鎖帷子《くさりかたびら》がどういうわけか上へ引きずりあげられ、わきの下のところがひどくきつくなって、顔が半分かくれていた。まるで小さすぎるきついシャツを着ようとして動けなくなったかのようだった。あとでわかったことだが、実際に起こったのは、こういうことのようだった。（この話は長いこと語りつがれることになった。）戦の最初のほうで、巨人のひとりが、とげのついたブーツでラバダッシュを踏みつけようとして失敗した。思ったとおりにラバダッシュをぺちゃんこにできなかったのだが、それでもとげのひとつが――ふつうのシャツにかぎ裂きができるように——鎖帷子に穴をあけた。そのため、ラバダッシュは門のところでエドマンドとむかい合ったとき、背中に穴があいていた。そして、エドマンド王が、王子をどんどん壁のほうへ追いやったとき、王子は乗馬台に飛び乗り、そこからエドマンド王へ何度も打ちかかった。ところが、高いところに出たためにナルニア軍の弓矢の標的となったので、また下へ飛びおりようとした。飛びおりるときに、「タシュ神のいなずまを受けよ」などとさけびながら、すごくかっこよく、かなりおそろしく見えるようにしたつもりだったのだが——ほんの一瞬だけそのように見えたが——目の前に人がたくさんいたために、前ではなく横に飛びおりるしかなかった。そのとき背中にあいた穴が、壁から突き出たフックにおどろくほどぴたりと引っかかってしまったのだ。(かつて、馬をつなぐための輪っかがついていたフックだが、その輪っかがなくなっていた。)そこで、まるで洗濯物のようにぶら下がってしまい、みんなに笑われたというわけだった。

「おろせ、エドマンド」と、ラバダッシュは吼《ほ》えた。「おれをおろして、王として男らしく戦え。それができないほどの臆病《おくびょう》者なら、おれをただちに殺すがいい。」

「わかった。」エドマンド王は、おろそうとしかけたが、ルーン王が口をはさんだ。

「陛下、失礼ながら」と、王はエドマンドに言った。「おやめください。」

それから、ラバダッシュにむかって、こう言った。

「殿下、その挑戦を一週間前にしていれば、だれもがよろこんで受けて立つとお答えしたであろう。エドマンド王の領地において、最大の王ピーターから口をきく最も小さなネズミにいたるまで、その挑戦をこばむ者はだれひとりいなかったはずだ。しかし、和平をむすんでいるというのに、宣戦の布告もなしにアンヴァードの城を攻めた以上、殿下はもはや騎士ではなく、裏切り者だと自ら証明してしまったのだ。名誉ある相手と剣を交える資格もない。処刑人に鞭打《むちう》たれるにふさわしい。こいつをおろして、しばりあげ、さらなる達しをするまで、なかへ連れていけ。」

たくましい手が何本かのびて刀を取りあげ、ラバダッシュを城のなかへ連れていった。そのあいだじゅう、ラバダッシュは怒鳴り、おどかし、ののしり、最後には泣き声さえあげていた。たとえ拷問にあおうとも、笑いものにされるのだけは、たえられなかったのだ。タシュバーンでは、みんなに重んじられていたのだから。

そのときコリンは、シャスタのもとへ駈け寄り、その手をつかみ、ルーン王のほうへと引っぱった。

「いた、父上。ここにいた。」コリンは、さけんだ。

「なるほど。ついにおまえが見つかったな」と、ルーン王はとてもしわがれた声で言った。「言いつけにそむいて、戦に出おって。父親の心をひきさく子どもだ！　その年では、手に剣を持つより、しりに鞭《むち》を受けるのがふさわしかろう！」

しかし、コリンもふくめて、だれもが、王がコリンのことをほこらしく思っていることがわかった。

「どうぞおしかりにならないでください、陛下」と、ダリン卿が言った。「殿下が陛下のご気性をついでおられなければ、陛下のお子ではなかったことでしょう。もし陛下のご気性をおもちでないことをしからねばならぬとすれば、陛下はもっとお悲しみになったことでしょう。」

「まあ、よい。」王は口をにごした。「今回ばかりは大目に見よう。そして、つぎに――」

つぎに起こったことは、シャスタのこれまでの人生で起こったどんなことよりも、おどろくべきことだった。ルーン王がふいに、まるでクマのようにぎゅっとシャスタを抱きしめ、両方のほおにキスをしたのだ。それから、シャスタをまた地面におろして言った。

「ここに、ならんで立つがよい、子どもたち。そして、宮廷じゅうの者に見てもらうがよい。顔をあげなさい。さて、諸君。ふたりをよく見てくれたまえ。だれか疑う者があるだろうか？」

それでも、シャスタは、どうしてみんなが自分とコリンを見つめているのか、わからなかったし、どうして歓声があがったのかも、わからなかった。

第十四章

ブリーはかしこい馬となる

さて、アラヴィスと馬たちの話にもどろう。池を見つめていた仙人は、シャスタが殺されもしなければ、けがもしなかったと話してやることができた。シャスタが立ちあがって、ルーン王に温かく迎えられたようすを見ていたからだ。けれども、見ることはできても聞くことはできなかったので、戦いがおわって話がはじまったとき、みんながなにを言ってるのかは、わからなかった。もはや、池を見つめていてもしかたがなくなった。

あくる日の朝、仙人が家のなかにいるあいだに、三人はこれからどうしたらよいかと話しあった。

「もう、こうしているのはたくさんです」と、フィン。「あのおじいさんはとても親切にしてくださり、あたしはたいへん感謝をしているけれど、一日じゅう食べてばかりで運動もしないので、まるでペットの小馬のように太ってきました。ナルニアへ出発しましょう。」

「今日はやめておこう」と、ブリー。「あわててしくじりたくはない。別の日にしてはどうかな。」

「まずシャスタに会って、さよならを言わなきゃ——それから——ごめんなさいも」と、アラヴィス。

「そのとおりだ!」ブリーが熱をこめて言った。「まさにわたしがしようとしていたことだ。」

「ええ、もちろん」と、フィン。「あの子はアンヴァードにいるでしょう。顔を出して、さよならを言わなくちゃね。でも、それはとちゅうで、できるわ。今すぐ出発したらどうかしら。あたしたちは、みんなナルニアへ行きたいんでしょう?」

「そうだと思うけれど」と、アラヴィス。ナルニアに着いたら自分はなにをしたいのかしらと考えはじめてしまい、少しさびしい思いをしていたのだ。

「そりゃそうだ。そりゃそうだよ。」ブリーが早口で言った。「だけど、あわてることはないよ。どういう意味か、わかるかな?」

「わからないわ。どういうこと?」と、フィン。「どうして出発したくないの?」

「むむむ、ブルゥ、フゥ。」ブリーは、ぶつぶつと言った。「わからないかな——とても大切なときになる——自分の国に帰って——仲間と会って——最高の仲間だ——よい印象を与えたいんだよ——本来の自分じゃないかっこうを見せたくはないんだ、ね？」

フィンは、突然馬の笑い声をあげた。「しっぽのことね、ブリー？　ようやくわかったわ。あなた、自分のしっぽがまたもとどおり生えそろうまで待っていたいのね。ナルニアではしっぽが長いのがふつうかどうかもわからないっていうのに。あなたって本当にタシュバーンのタルキーナみたいに見栄っぱりなんだから。」

「本当。おばかさんね、ブリー」と、アラヴィス。

「ライオンのたてがみにかけて、タルキーナ、わたしは、ばかではない。」ブリーは、怒って言った。「わたしは自分のことをそれなりに大切に思っていて、仲間の馬たちも尊敬している。それだけだ。」

「ブリー。」しっぽが切れていることなんかどうでもいいと思っていたアラヴィスは言った。「わたし、ずっとあなたに聞きたかったことがあるの。どうして『ライオンにかけて』とか、『ライオンのたてがみにかけて』とか言うの。あなたライオンが嫌いでしょ？」

「嫌いだけれど」と、ブリーが答えた。「わたしが『ライオン』というのは、もちろんナルニアの偉大な救世主アスランのことを言っているんだよ。白の魔女と冬を追い払ってくれたひとだ。ナルニアのひとは、みんなアスランにかけて誓いをする。」

「だけど、アスランってライオンなの？」

「いや、もちろんちがう。」ブリーは、かなりびっくりした声で言った。

「タシュバーンでは、みんな、ライオンだって言うけれど」と、アラヴィス。「でも、そうじゃないんだったら、どうしてアスランのことをライオンっていうの?」

「そりゃ、きみの年じゃ、まだよくわからないだろうけれど」と、ブリー。「それに、ナルニアを出たとき、わたしはまだ子馬だったから、自分でもよくはわかっていないんだ。」

(このときブリーは、緑の壁に背をむけて立っていて、ほかのふたりはブリーのほうをむいていた。ブリーは目をなかば閉じて、かなりえらそうな口調で話をしていたため、フィンとアラヴィスの表情が変わったことに気づかなかった。ふたりの口がぽかんとひらき、目を見開いたのには理由があった。ブリーが話しているあいだに、巨大なライオンが飛びあがってきて、緑の壁のてっぺんにひょいっと飛び乗ったのだ。ただ、それは、ふたりがこれまでに見たことのあるどんなライオンよりも、ずっと明るい黄金の毛並みで、ずっと大きく、ずっと美しく、ずっとおそろしかった。すぐにライオンは、壁の内側に飛びおりて、うしろからブリーに近づいてきた。音がまったくしない。フィンとアラヴィスも、まるで凍りついたかのように、音を発することができなかった。)

「もちろん」と、ブリーは話をつづけた。「あのひとがライオンだと言っているのは、ライオンのように強いとか、ライオンのようにこわいという意味(もちろん、敵に対してという意味）でしかないよ。まあ、そういったようなことだ。アラヴィス、きみのような子どもだって、あの人が本物のライオンだなんて言うのがばかげているってことはわかるよね。実際のところ、そんなことを言ったら不敬だと思う。もしライオンなら、われわれと同じような動物だということになってしまうよ。そんなばかな！」（そう言って、ブリーは笑いはじめた。）「もしライオンなら、足が四本あって、しっぽとひげがあることになる！……アィー、フゥフゥ！　助けて！」

というのも、ちょうど「ひげ」という言葉を言ったそのときに、アスランのひげがブリーの耳をくすぐったのだった。ブリーは矢のように仙人の家の反対側へ飛んで行き、そこでふり返った。壁は飛び越えるには高すぎ、それ以上逃げることはできない。アラヴィスとフィンは、あとずさりをはじめた。ほんの一瞬、緊張した沈黙があった。

それからフィンは、体じゅうふるわせながらも、不思議な小さないななきをして、ライオンのほうへ駈《か》け寄った。

「どうか」と、フィンは言った。「あなたはとても美しいです。あたしのことを食べたかったらどうぞ。だれかにえさをもらうより、あなたに食べられてしまいたい。」

「親愛なる娘よ」と、アスランはライオンのキスを、フィンのひくひくしているベルベットのような鼻にして言った。「おまえがやがて私のもとに来ることはわかっていた。おまえによろこびがありますように。」

それから、ライオンは頭をあげて、もっと大きな声で言った。

「さて、ブリーよ。あわれな、高慢な、おびえた馬よ、近くに寄れ。もっと近くだ、わが息子よ。できないと思いこんではいけない。私にさわりなさい。私のにおいをかぎなさい。ここにわが前足があり、ここにしっぽがあり、ここにひげがある。私は、まことの動物である。」

「アスラン。」ブリーは、ふるえる声で言った。「わたしはおろかでした。」

「若いうちにそれがわかる馬は、さいわいなるかな。人間もそうだ。アラヴィス。近くに寄りなさい、わが娘よ。ごらんなさい。わが前足は、やわらかい。こんどはおまえをひっかいたりはしない。」

「こんどは、ですって？」と、アラヴィス。

「おまえを傷つけたのは、私だったのだ。おまえの旅路で出会ったすべてのライオンは、私ひとりだったのだ。なぜおまえに傷をつけたか、わかるかね？」

「わかりません。」

「傷には傷を。痛みには痛みを。血には血を。おまえが継母《ままはは》の奴隷の娘に薬を盛って眠らせたがゆえに、その娘が背中に受けた傷を、おまえも背中に受けたのだ。それがどのように痛いものか、おまえは知る必要があった。」

「はい。どうか――」

「聞きたいことがあるなら聞きなさい」と、アスラン。

「わたしがしたことのせいで、あの子はもっとひどいめにあうのでしょうか。」

「わが子よ。」アスランは言った。「私が話しているのは、あの子のことではなく、おまえのことだ。知らねばならぬのは自分のことである。」それからライオンは首をふって、もっと軽い声でこう言った。

「よろこびなさい。私たちは、やがてまた会うだろう。だがその前に、おまえたちのところに、もうひとりやってくることになるだろう。」そう言うと、アスランは、ひととびで壁のてっぺんを越えて消えてしまった。

奇妙なことにライオンが消えたあと、三人はたがいに口をききたい気にはならなかった。みんなゆっくりと、てんでんばらばらに静かな草地へ行って、それぞれひとりきりで思いにふけりながら、行ったり来たり歩きまわったのだ。

三十分ほどすると、二頭の馬は家の裏に呼ばれ、仙人が用意したおいしいものを食べさせてもらった。まだ考えごとにふけりながら歩いていたアラヴィスは、門の外から聞こえたするどいラッパの音にびっくりした。

「だれなの？」アラヴィスは、たずねた。

「アーチェンランド国のコール王子殿下にございます。」外の声が言った。

アラヴィスは、戸口のかんぬきをはずして、知らない人たちをなかに入れるために、うしろに下がった。

矛槍《やり》を持ったふたりの兵士が最初に入ってきて、入り口の両側に立った。それから伝令が、そしてラッパ吹きがつづいて入った。

「アーチェンランド国のコール王子殿下が、アラヴィス姫とのご面会をご所望にござる。」伝令が言った。それから、伝令とラッパ吹きは、わきへさがり、おじぎをし、兵士たちが敬礼をするなか、王子その人が入ってきた。王子の供の者たちはみな門の外へ下がり、王子を残して戸が閉まった。

王子はおじぎをしたが、王子にしては、ずいぶんぎこちないおじぎだった。アラヴィスはカロールメン国のやりかたで、ひざを折って挨拶《あいさつ》をした。（わたしたちの挨拶とはやりかたがちがう。）もちろんアラヴィスは、そういうしつけを受けていたので、じょうずにおじぎをした。それから顔をあげ、この王子とはどんな人なのかと見た。

ただの男の子だった。帽子はかぶらず、金髪の頭に、針金ほどのとても細い黄金の輪をはめていた。上着はハンカチのような上等な白い麻でできていて、下に着ているあざやかな赤い服がすけて見えた。エナメル塗りの剣の柄にかけられた左手には、包帯が巻いてあった。

アラヴィスは、二度その顔を見てから、息を吞《の》んでさけんだ。

「まあ！　シャスタじゃない？」

シャスタは、とたんに真っ赤になって、ひどく早口で話しはじめた。

「いいかい、アラヴィス。ぼくがこんなかっこうをして（ラッパ吹きとかみんなを引き連れて）やってきたのは、きみに見せびらかそうとか、ぼくは別人になったと示そうとか、そんなばかなことをするためだと思わないでくれよ。ぼくは、むしろ、昔どおりの服で来たかったんだ。だけど、服は焼き捨てられちゃって、お父さんが言うには――」

「あなたのお父さん？」

「どうやらルーン王は、ぼくのお父さんみたいなんだ」と、シャスタは言った。「そうだと気づくべきだったんだよ。コリンは、ぼくにそっくりだからね。ぼくたち、ふたごなんだ。それから、ぼくの名前はシャスタじゃなくて、コールって言うんだ。」

「コールのほうが、シャスタよりすてきな名前ね」と、アラヴィス。

「アーチェンランド国では、兄弟の名前はそんな風になってるんだって。ダールとダリンとか、コールとコリンっていう感じに」と、シャスタ（というより、もうコール王子と呼ばなければなるまい）は言った。

「シャスタ、いえ、コール王子」と、アラヴィスが言った。「ね、だまって。今すぐあなたに言わなきゃいけないことがあるの。わたし、あなたにいじわるしてて、ごめんなさい。でも、あなたが王子だとわかる前から、わたし、変わったのよ、本当に変わったの。あなたがもどってきてくれて、あのライオンに立ちむかってくれたとき。」

「あのライオンは、本当はきみを殺そうとなんかしてなかったんだよ」と、コール王子は言った。

「わかってるわ。」アラヴィスは、うなずいた。ふたりは、おたがいにアスランを知っていることに気づいて、しばらくじっとおごそかな気持ちでいた。

突然アラヴィスは、コールの包帯を巻いた手のことを思い出した。

「ねえ！　忘れてた。あなた、戦《いくさ》に出たのね。それが傷なの？」

「なあに、ほんのかすり傷さ。」コール王子は、初めて貴族のような口調で言った。けれどもその一瞬あとに笑いだしてこう言った。

「もし本当のことを知りたければ、教えてあげる。これはね、ちゃんとした傷じゃないんだ。こぶしのところをすりむいちゃったんだ。戦になんか出なくたって、ぶきっちょなばかがこさえるような傷だよ。」

「それでも、あなたは戦に出たのよ」と、アラヴィス。「すばらしかったでしょうね。」

「そんなこと、ちっともなかったよ。」

「でも、シャスト——コール王子、あなた、まだルーン王さまのことや、どうして王さまにあなたのことがわかったか、教えてくれてないわよ。」

「じゃあ、すわろうか。長い話になるからね。それにしても、お父さんはものすごくいい人なんだ。あの人がお父さんだってわかっただけで、王さまじゃなくても、ぼく、すっごくうれしい。王さまなのも、うれしいけど。たとえこれから教育とか、そういう嫌なことが、ぼくを待ってるとしてもね。でも、お話をするんだったね。ええと、コリンとぼくは、ふたごだった。ぼくたちは、生まれて一週間ほどして、ナルニアのかしこいケンタウロスのおじいさんのところに祝福かなにかを受けに連れていかれたらしいんだ。このケンタウロスは、ほかの大勢のケンタウロスと同じように、未来がわかるんだよ。きみ、ひょっとしてまだケンタウロスに会ったこと、ないかな。きのうの戦にも少しいたんだけど。すごい人たちだよ。まだちょっと、お友だちになれないでいるけど。あのね、アラヴィス、このナルニアの国には、いろいろびっくりするようなことがたくさんあるんだよ。」

「そうね。あるわね。でも、話をつづけて。」

「えっと、そのケンタウロスは、コリンとぼくを見たとたん、ぼくのことをこう言ったんだ。この子は、いつの日か、アーチェンランド国を絶体絶命の危険から救うであろうってね。だから、もちろん、お父さんとお母さんは、とてもよろこんだ。でも、よろこばなかった人もいたんだ。そいつは、お父さんの大法官だったバール卿《きょう》っていう人だ。その人はなんだか悪いことをしていたみたいで、なんか《使いこみ》とか言ったかな、よくわからないけど、お父さんはこの人をクビにしなきゃならなかった。

でも、クビにしただけで、アーチェンランド国で暮らすことを許したんだ。その人は、とっても悪い人だったらしくて、そのあとひそかにティズロック王にやとわれて秘密の情報をたくさんタシュバーンに送ってた。そこで、ぼくがアーチェンランド国を大きな危険から救うという話を聞いて、ぼくを殺そうとしたんだ。そいつは、ぼくを誘拐して（どういうふうにかは知らないけど）、《矢曲がり川》に沿って馬で逃げて海岸に出た。なにもかも準備万端で、部下の乗った船がそこで待っていて、ぼくを連れて船は出発した。だけど、お父さんがこれに気がついて、あとから一所懸命追いかけてきたんだ。バール卿は、お父さんが海岸に着いたとき、すでに沖に出ていたけど、すっかり見えなくなってはいなかった。だから、お父さんは、二十分もしないうちに、自分の軍艦一隻を出航させた。

すばらしい追跡だっただろうね。六日かけてバール卿のガレオン船を追いかけ、七日めに戦いになった。ものすごい海戦だ。（ゆうべ聞いたんだよ、この話。）朝の十時から日が暮れるまで戦いつづけたんだって。結局、こっちが敵の船を乗っ取った。だけど、ぼくはいなかった。バール卿は戦で殺されたけど、敵のひとりが言ったんだ。その日の朝早く、バール卿は追いつかれるとわかったときに、部下の騎士のひとりにぼくをあずけて、小さなボートで送り出したって。そのボートは二度と見つからなかった。だけど、もちろん、そのボートこそ、アスランがちゃんと岸に着けてくれて、アルシーシュにぼくをひろわせた、あのボートなんだ。アスランって、どんなお話にも出てくるみたいだね。ぼく、その騎士の名前を知っていたらよかったんだけどな。その人は自分が飢えても、ぼくを生かしてくれたにちがいないんだから。」

「アスランだったら、それはほかのだれかの物語だと言うんじゃないかしら。」

「そうだね。忘れてたよ」と、コール王子。

「そして、その予言は、どんなふうに実現するのかしら。あなたがアーチェンランド国を救うというその危険って、どんなものなのかしら。」

「えっとね。」コール王子は、ぎこちなく言った。「どうやらぼくは、それをおえちゃったみたい。」

アラヴィスが手を打った。「そうよね。そりゃ、そうよね。わたし、ばかみたい。そして、なんてすてきなんでしょう！　アーチェンランド国は、ラバダッシュが二百騎の騎馬隊を引き連れて《矢曲がり川》をわたったときほど大きな危険にさらされたことはないんだわ。あなたがそのことを教えてくれたから、助かったのよ。ちょっとほこらしいでしょ？」

「ぼく、ちょっとこわいよ」と、コール王子。

「そして、これからあなたはアンヴァードで暮らすことになるのね。」アラヴィスは、少し思いにしずむようすだった。

「あ、そうだ！」と、コール王子。「もう少しで忘れるところだったけど、お父さんは、きみにぼくらといっしょに暮らしてほしいんだって。宮廷《コート》には、お母さんが死んでから貴婦人がいないから。（どうしてだか知らないけど、コートって言うらしいんだ。）ね、そうして、アラヴィス。お父さんのこと、きっと好きになるよ。コリンのことも。コリンやお父さんは、ぼくとちがって、ちゃんと育ちがいいからね。なんにも心配することはないんだ、ちゃんとした――」

「ああ、もうやめてよ。さもないと、本当にけんかしちゃうわよ。もちろん、わたし、行くわ。」

「じゃあ、馬たちに会いに行こう。」

ブリーとコールは、とてもうれしい再会を果たした。まだかなり気落ちしていたブリーは、すぐにアンヴァードに出かけることに同意した。ブリーとフインは、あくる日ナルニアに行くことにした。四人とも、仙人に心をこめたさようならをして、きっとまた来ますと約束した。午前のなかごろには、みんなは歩きだしていた。馬たちはアラヴィスとコールが背に乗るのだと思っていたが、コールは、だれもがそれぞれせいいっぱいのことをしなければならない戦をのぞいては、ナルニアやアーチェンランド国では、だれも口をきく馬にまたがろうとは思わないのだと説明した。

そのことで、あわれなブリーは、自分がナルニアのことをほとんど知らないのだと思い知らされ、これからどんなひどいまちがいをしでかすかわからないと気づいたのだった。そこで、フィンがしあわせな夢にふけりながら歩くいっぽうで、ブリーはますますおちつかなくなり、歩みを進めるごとに、自分のことが気になってしかたがなくなったのだった。

「元気を出せよ、ブリー」と、コール王子。「きみよりもぼくのほうがたいへんなんだぜ。きみは教育を受けさせられたりはしないからね。ぼくは紋章学だの、ダンスだの、歴史だの、音楽だのを勉強しなきゃいけないのに、きみはただナルニアの丘の上を思いっきり走りまわってころげまわっていればいいんだから。」

「まさにそこですよ。」ブリーは、うなった。「口をきく馬はころげまわるのでしょうか。ころげたりしないとしたら？　ころげまわれないとしたら、つらいですよ。どう思いますか、フィン？」

「あたしは、どっちにしたってころげまわるわ」と、フィン。「あなたがころげようが、ころげまいが、だれもなにも気にしないわ。気にしたりしないわよ。」

「もうその城は近くなのかな？」ブリーはコール王子にたずねた。

「つぎの角を曲がったところだよ」と、王子。

「では」と、ブリー。「今、思いっきりころげまわっておこう。これが最後になるかもしれませんからね。」

五分して、ブリーは荒い息をついて、体じゅうにワラビの葉をつけながら、立ちあがった。

「これでよし。」ブリーは、ものすごく暗い声で言った。「連れていってください、コール王子、ナルニアと北方へ。」

けれども、ブリーは、長いあいだ捕らえられていた者がようやく自由な故郷にもどってくるというよりは、まるで葬式に行くかのように見えた。

第十五章

ドジ王ラバダッシュ

つぎの角を曲がり、林から出ると、緑の芝生の先に、アンヴァードの城が見えた。城の背後のうっそうたる小高い峰が、城を北風から守ってくれている。とても古い城で、温かい赤茶色の石でできていた。

城門に着く前に、ルーン王が迎えに出てきた。アラヴィスが思い描いていたような王とはちがって、とんでもなく古ぼけた服を身につけていた。というのも、ちょうどそのとき王は狩人《かりゅうど》といっしょに犬小屋をひとまわりしているところで、犬にふれた手を洗っただけで駈《か》けつけてくださったのだ。けれども、アラヴィスの手を取って挨拶《あいさつ》のおじぎをしたようすは、皇帝のように堂々たるものだった。

「おじょうさん」と、王は言った。「心から歓迎しましょう。わが妻が存命であったら、もっと歓迎できたのだが、歓迎の気持ちはおとりません。あなたがご不幸にあい、お父上の家から出なければならなかったことはお気の毒に存じます。たいそうお悲しみであったことでしょう。わが息子のコールが、いっしょに冒険をしたこと、そしてあなたの勇気のことを話してくれました。」

「勇敢だったのは、王子のほうです、陛下」と、アラヴィス。「わたしを救うためにライオンにむかっていってくれたのです。」

「ん、なんだって?」ルーン王の顔は、パッと明るくなった。「そんな話は、まだ聞いておらんな。」

そこで、アラヴィスは話をした。コール王子は、自分からはその話はできないけれど、人に知ってもらいたいとは思っていたのだが、アラヴィスが話すのを聞いて、思ったほどうれしくはなかった。実のところ、かなりばかげていると感じたのだ。しかし、父王はとてもよろこんで、そのあと二、三週間、非常に多くの人にそれを教えたので、コール王子は、あんなことをしなければよかったと思ったほどだった。

それから王は、フィンとブリーに対して、アラヴィスに対してと同じように、ていねいに挨拶をし、二頭の家族のことや、とらわれの身になる前はナルニアのどこで暮らしていたのかなどと、たくさん質問をした。馬たちはどう返答していいかわからずにいた。人間——アラヴィスとコールは別だから、大人の人間——から仲間あつかいされることに慣れていなかったからだ。

やがて、ルーシー女王が城から出てきていっしょになったとき、ルーン王はアラヴィスに言った。

「こちらは、わが家の愛する友人だ。きみたちのために部屋がかたづくように、わたしよりもじょうずに心を配ってくれていたのだよ。」

「どうぞごらんになりませんか。」ルーシーは、アラヴィスにキスをして言った。ふたりはすぐになかよしになって、いっしょになかに入って、アラヴィスの寝室やアラヴィスの居間や服の用意について話をし、そういうときに女の子たちが話すありとあらゆることを話した。

お昼ごはんをテラスでいただいたあと（冷たい鶏肉《とりにく》、シカ肉の冷製パイ、ワイン、パン、チーズだった）、ルーン王はまゆをぎゅっとひそめ、ため息をついて言った。

「いやはや、われわれは、まだあのなさけないラバダッシュをここにとめおいているのだ。諸君、やつをどうするか決めねばならん。」

ルーシーは、王の右側にすわっており、アラヴィスが左側にすわっていた。エドマンド王がテーブルのはしにすわり、ダリン卿《きょう》がそのむかい側にすわっていた。ダール卿とペリダン卿とコールとコリンは王と同じ側にいた。

「陛下は、やつの首をはねる権利をまちがいなくもっていらっしゃる」と、ペリダン卿。

「あやつのなした攻撃は、暗殺に等しいものと存じます。」

「まさにそのとおりです」と、エドマンド王。「しかし、謀叛《むほん》人とて改心はできましょう。わたしは、心を入れ替えた者を知っております。」そう言うと、エドマンド王はとても考え深そうな表情になった。

「ラバダッシュを殺すことは、ティズロック王と戦争を交えるに等しいことになります」と、ダリン卿。

「ティズロック王などどうでもよい」と、ルーン王は言った。「やつの力は数にあり、数はこの砂漠を越えることはできぬ。しかし、わしは、謀叛人といえども、冷酷に人を殺す気はない。戦であれば、やつののどをかき切っても、この心は痛まぬだろう。しかし、こうなると話がちがう。」

「わたしの意見を申しあげましょう」と、ルーシー。「あの人にもう一度チャンスをあげてはいかがでしょう。これからは正々堂々とやるという約束のもとに自由にしてあげるのです。その約束を守るかもしれません。」

「それくらいなら、サルも正直になろうぞ、妹よ」と、エドマンド王が言った。「だが、アスランにかけて、もしまたその約束をやぶったら、正々堂々たる戦においてやつの首をはねてやればよい。」

「試してみよう。」ルーン王は、従者のひとりに「囚人をここに連れてくるように」と言った。

ラバダッシュ王子が、鎖につながれて前に引き出された。それを見た者は、だれもが、王子は食べものも水もなしに、ひどい牢獄《ろうごく》に一晩つながれていたと思ったことだろう。だが、実際は、とても居心地のいい部屋に軟禁され、りっぱな夕食をあてがわれていたのだ。それなのに、あまりにも腹を立てて、すねていたために、食事に手をつけず、一晩じゅう地団駄を踏み、うなり声をあげて呪いつづけていたため、今ではひどい状態に見えたのだ。

「殿下に申しあげるまでもないことだが」と、ルーン王は言った。「あらゆる賢明なる理《ことわり》はもとより、国と国との掟《おきて》においても、われわれには殿下の首を取る正当な権利がある。まだお若く、育ちも悪く、奴隷と暴君の国ではおそらく持っていたと思われる礼儀や洗練さも失われていることを考慮して、以下の条件のもとに殿下を無傷で自由放免にしようと思う。第一に――」

「この野蛮な犬畜生め」と、ラバダッシュは、ののしった。「おまえの条件など、おれが聞くと思うのか。ふん。えらそうに育ちだのなんだのと言いやがって。こっちが鎖につながれていると思って、いい気になるなよ。へん。このいまいましい鎖をほどけ。おれに刀をよこせ。そのうえで、議論をふっかけたければ、ふっかけるがいい。」

ほとんど全員の貴族たちが立ちあがり、コリンはさけんだ。

「お父さん、こいつをぶんなぐってもいいかな。おねがい。」

「静粛に。おのおのがた。諸君」と、ルーン王。「見栄っぱりにあざけられただけで泡を食うとは、諸君に威厳というものはないのか。すわりなさい、コリン、さもなければ、この席からはずれなさい。殿下にもう一度条件を聞くことを求める。」

「野蛮人や魔法使いの条件など聞くものか」と、ラバダッシュ。「おまえらのひとりとして、おれの髪の毛一本にもさわらせはしない。このおれに対する侮辱のひとつひとつに対して、ナルニア人とアーチェンランド人の血を海のように流して仕返ししてやる。ティズロックの復讐《ふくしゅう》はおそろしいぞ。今にもおそってくるぞ。だが、おれを殺せばいい。そしてこの北の国など焼き払われ、苦しみもだえろ。今後、一千年も世界じゅうの人々をふるえあがらせる話となるだろう。気をつけるがいい。気をつけろ、気をつけるのだ。タシュ神の怒りのいなずまが天から降り注ぐぞ。」

「それって、どっかでフックに引っかかっちゃうんじゃない？」と、コリンがたずねた。

「恥を知りなさい、コリン。」王は言った。「自分より弱い者をあざわらってはならん。強い者を相手にするならば別だが。」

「まあ、おろかなラバダッシュさん。」ルーシーは、ため息をついた。

つぎの瞬間、テーブルのみんなが立ちあがって、そのまま身動きしなくなったのを見て、コールは不思議に思いながら、自分も同じように立ちあがった。すると、すぐにその理由がわかった。

アスランがいつのまにかそこにいたのだ。ラバダッシュは、ライオンの巨大な姿が自分とナルニア人たちのあいだをゆっくりと歩いてくるのを見て、ビクッとした。

「ラバダッシュよ」と、アスランは言った。「気をつけるがいい。おまえの運命がせまっている。だが、まだそれをさけることはできる。ほこりを忘れるのだ。（おまえに、どんなほこれるところがあるというのだ。）怒りを忘れるのだ。（だれが、おまえにひどいことをしたというのだ。）そして、これらの良き王たちの慈悲を受け入れなさい。」

するとラバダッシュは目玉をぐりぐりまわして、口を、まるでおそろしいサメのように大きくあけて慈悲のない笑みを浮かべ、耳を上下にピクピクと動かした。（だれでも練習すれば、できるようになる。）王子は、これがカロールメン国では、効果てきめんだと思っていたのだった。こんな顔をしてやれば、どんな勇敢な相手でもふるえあがって、ふつうの人なら床に這いつくばって、気の弱い人なら気絶さえしたのだった。しかし、ラバダッシュがわかっていなかったのは、ラバダッシュがこわがらせられるのは、自分がひとこと言うだけで「生きたまま、ゆで殺しにされてしまう」とおびえる人だけだということだった。アーチェンランド国では、しかめ面をしてみせても、まったくこわがられなかった。実のところ、ルーシーは、ラバダッシュの気分が悪くなったのかしらと思ったほどだった。

「悪魔め！　悪魔め！　悪魔め！」王子は、さけんだ。「おまえのことはわかっている。おまえは、ナルニアのけがらわしい悪魔だ。神々の敵だ。おれがだれか知るがいい、おそろしい幻影め。おれは、絶対にして容赦なきタシュ神の子孫だ。タシュ神の呪いが、おまえにかかるがいい。サソリの形のいなずまが、おまえに降りかかるぞ。ナルニアの山々は、ちりと化すだろう。ナル――」

「気をつけろ、ラバダッシュ」と、アスランは静かに言った。「おまえの最後の時がせまっている。もうドアのところに来ている。今、鍵《かぎ》をあけたぞ。」

「空が落ちるがいい。」ラバダッシュは、さけんだ。「大地よ、開け。血と火によって、世界よ、消えろ！　だが、おれはあきらめないぞ。おれは、自分の城にあの野蛮人の女王を、髪を引きずってでも連れていく。犬どもの娘を。あの――」

「時が来た」と、アスランは言った。そして、みんなが笑いだしたのを見て、ラバダッシュは恐怖のどん底に落ちた。

笑わずにはいられなかったのだ。ラバダッシュは、これまでずっと耳を動かしており、アスランが「時が来た」と言ったとたん、その耳が変わりはじめた。耳はだんだん長くなり、とんがって、やがて灰色の毛でおおわれた。どこかで見たような耳だぞと、みんなが思っているうちに、ラバダッシュの顔も変わりはじめた。顔はどんどん長くのびて、上のほうがずんぐりとして、目が大きくなり、鼻は顔のなかにうもれていった。(あるいは、顔がふくらんで、全体が鼻になっていった。)顔じゅうに毛が生えている。腕は長くなって、前のほうにたれ下がり、地面についた。手は、ひづめに変わった。四本の足で立っており、服はなくなり、みんなはますます大きく笑った。(おかしくてたまらなかったのだ。)というのも、ラバダッシュだったものは、今やまちがいなくロバになっていたからだ。おそろしいことに、王子の人間の言葉は、その人間の姿よりも少しだけ長くつづいており、自分の変化に気がついたとき、ロバはこうさけんだのだった。

「うわ! ロバにしないでくれ! たのむから。馬ならまだしも、まだ――う、イー、アー、イーアー。」言葉は、ロバのいななきに変わってしまった。

「さて、聞くがよい、ラバダッシュ」と、アスランは言った。「正義とは、慈悲とともにあるものだ。おまえは、いつまでもおろかなロバでありつづけるわけではない。」

これを聞いて、もちろんロバは、一心に聞こうとしてその両耳を前へかたむけた。それもまたおもしろかったので、みんなはますます笑った。笑わずにいようとがんばったのだが、ふき出してしまった。

「おまえはタシュ神に訴えた」と、アスラン。「ゆえにタシュ神を祀《まつ》る寺院でおまえは治るだろう。今年のタシュバーンでの大秋祭りで、タシュの寺院の前に立つがいい。そこでタシュバーンのあらゆる人々が見守るなかで、おまえのロバの形は消え、あらゆる人々はおまえがラバダッシュ王子だと知るであろう。だが、おまえの命がつづくかぎり、タシュバーンのその寺院から十六キロ以上離れれば、また今のような姿にただちにもどることになる。そうなったら二度と、もとの姿にもどることはない。」

短い沈黙があって、みんなはまるで眠りからさめたかのようにもぞもぞ体を動かして、たがいに顔を見あわせた。アスランは、いなくなっていた。しかし、空気と草の上にきらめきがあり、みんなの心にはよろこびがあったので、夢を見ていたのではないとわかった。ともかく、目の前にはロバがいたのだ。

ルーン王はとても心のやさしい人だったので、敵がこのようなあわれな姿になったのを見て怒りをすっかり忘れた。

「殿下」と、ルーン王。「このようなことになってしまって、心から残念に思う。殿下は、これがわれわれのせいではないと、お認めくださるでしょう。もちろん殿下をタシュバーンへお送りして、アスランが定めた、そのぅ、治癒をなさるお手伝いをよろこんでしたいと思います。殿下の今の状況で楽におすごしいただけるように、最上の家畜用の舟を準備し、とても新鮮なニンジンやアザミをご用意しましょう。」

しかし、ロバがひどくうるさく鳴いて、護衛のひとりをひどくけりあげたので、こうした親切な申し出が感謝されなかったことは明らかだった。

さあもう、ここでじゃまな王子にご退場いただくべく、ラバダッシュの話はさっさとおしまいにしよう。王子というよりもロバは、タシュバーンへ舟で送り返され、大秋祭りのときにタシュ神の寺院へ運ばれ、そこでふたたび人間にもどった。しかし、もちろん、四、五千人の人々がその変身を目にしたから、この事件をないしょにしておくわけにはいかなかった。老いたティズロック王の亡きあと、ラバダッシュがその地位についたとき、カロールメン国ではいまだかつてない平和好きなティズロック王になった。それというのも、王はタシュバーンから十六キロ以上遠くへ行こうとしなかったため、自ら戦争を仕掛けることは決してなかったからだ。そして、家来の貴族たちが、代わりに戦争で手柄をたてることも許さなかった。というのも、ほとんどのティズロック王は、そうした家来たちにたおされてきたからだ。自分勝手な理由ではあったが、このおかげでカロールメンのまわりの小さな国々は、ずっと平和になった。王の治世のあいだ、カロールメン国の人たちは、王がロバであったことを決して忘れなかった。王の面前では、王のことを平和王ラバダッシュと呼んでいたが、かげでは、そして王の死んだあとでは、ドジ王ラバダッシュと呼んだ。そして、カロールメン国の歴史書で調べると（近くの図書館で見てほしい）、《ドジ王ラバダッシュ》という項目が見つかるはずだ。そして、今日にいたるまで、カロールメン国の学校では、とんでもなくアホなことをすると、「ラバダッシュの再来だ」などと言われるのだ。

いっぽう、アンヴァードでは、城の前の芝生で、その晩の大宴会がいよいよもりあがる前に王子がいなくなってくれたことを、だれもがよろこんだ。何十個ものランタンがつるされ、月夜がさらに明るくなった。たくさんのワインがくみ交わされ、話に花が咲き、冗談も飛びだした。それから静かになると、国王付きの詩人とふたりのバイオリン弾きが、みんなのまんなかへ出てきた。アラヴィスとコールは、カロールメンの詩ぐらいしか知らなかった――それがどんなものだか、みなさんもご存じだろう――だから、どうせつまらないのだろうと思っていたのだが、バイオリンが最初の音を鳴らしたとたん、ふたりの頭のなかでロケット花火が打ちあげられたようになった。詩人は、美しき青年オルヴァンの古き物語を歌いあげた。オルヴァンは、巨人パイアと戦って、これを石に変え、それがパイア山となった。（巨人には、ふたつの頭があった。）そして戦いに勝ったオルヴァンは、乙女リルンを勝ち取って妻としたという話だ。その話がおわると、みんなはもう一度聞きたいと思った。ブリーは歌うことはできなかったが、ザリンドレでの戦いの物語を語った。そして、ルーシーは、あの洋服だんすの物語をふたたび語り、自分とエドマンド王とスーザン女王と最大の王ピーターが初めてナルニアに行った話を語ったのだ。（アラヴィスとコール以外の全員は何度もその話を聞いていたのだが、もう一度聞きたいと思ったのだった。）

やがて、いずれはそうなることがわかっていたが、ルーン王が、若い人はもう寝る時間だと言った。

「そして、明日は、コールよ」と、ルーン王は言った。「わしといっしょに城へ来なさい。城の造りを見て、その強いところと弱点とを教えてやろう。わしのあとでは、おまえが守ることになる城だからな。」

「でも、そのときはコリンが王さまでしょ、お父さん」と、コールは言った。

「いや、おまえが跡継《あとつ》ぎだ。王冠はおまえがつぐのだ。」

「でも、そんなの嫌だよ。ぼくは、それよりも――」

「おまえがなにをしたいかという問題ではない。また、わしがなにを望むかでもない。これは決まりなのだ。」

「だけど、ぼくたちふたごなら、同い年のはずだよ。」

「そうではない。」王は笑って言った。「先に出てきたほうが兄なのだ。」おまえはちょうど二十分先に生まれた分、コリンの兄なのだ。その分、りっぱであってほしいぞ。大した差はないだろうがな。」

そして王は、おどけた目つきでコリンを見た。

「ねえ、お父さん。お父さんが好きなほうをつぎの王さまにすればいいんじゃないの？」

「そうではない。王には決まりがあるのだ。決まりによって王ができるのだ。見張りが自分の持ち場を離れてはならないように、おまえも王冠から逃げる力はない。」

「どうしよう」と、コール王子。「そんなのやだよ。ね、コリン——ぼく、本当にとっても申しわけなく思ってる。ぼくが出てきたことで、きみから王国を取りあげるなんて、思ってもみなかったよ。」

「ばんざーい、ばんざーい」と、コリン。「ぼくは王にならなくてもいいんだ。王にならなくてもいいんだ。ずっと王子のままでいるぞ。王子のほうが楽しいもん。」

「コリンはわかっていないが、コリンの言うとおりだ」と、ルーン王は言った。「というのも、王になるのはたいへんだからだ。絶望的な攻撃を仕掛けるときには先頭に立ち、絶望的な退却ではしんがりをつとめ、国が餓《う》えるときは（そういうときもある）、国民のだれよりもまずしい食事を食べながら、だれよりも上等な服を着てだれよりも大きな声で笑わなければならんのだ。」

ふたりの少年が二階に寝にあがったとき、コールはふたたびコリンに、もうどうしようもないのだろうかとたずねた。コリンは言った。

「二度とそのことを言ってみろ。おまえを——やっつけちゃうぞ。」

それからというもの、ふたりの兄弟は二度とけんかをしなかったと言ってこのお話をおえられればよかったのだが、実はそうではなかった。実際は、ふつうの男の子がするように、しょっちゅうけんかをしたり、取っ組みあったりして、いつもコールがやっつけられたのだった。（最初の一発でコールがやられるときもあった。）ふたりとも、大人になって剣術士になったとき、コールのほうが戦において、より危険な相手となったのだが、そんなコールでさえ、ボクシングではコリンにかなわなかったのだ。コリンにかなう相手は、北の国ではだれひとりいなかった。こうして、《鉄拳《てっけん》コリン》という名前が与えられ、コリンは《嵐が峰》に住むクマの成れの果て（かつては口をきくクマだったのだが、野生のクマにもどっていた）を相手に、偉業を成しとげたのだった。コリンは、山に雪が積もったある冬の日に、《嵐が峰》のナルニア川にあるクマの巣までのぼっていき、タイムキーパーなしに三十三ラウンドのボクシングをやってのけたのだ。最後にはクマは目が見えなくなって、おとなしい性格になった。

アラヴィスはコールとたくさんけんかを（時折取っ組みあいも）したが、いつも仲直りをした。だから、何年もあとで大人になったとき、けんかをして仲直りをするのにすっかり慣れていたので、ふたりは結婚をして、けんかをつづけた。ルーン王が亡くなったあと、ふたりはアーチェンランド国の良き王と王妃になった。アーチェンランド国の王のなかでも最も名高いラム大王とは、ふたりの息子のことだ。ブリーとフインは、ナルニアの偉大な時代にしあわせに暮らした。どちらも結婚したが、別々の相手とだった。そして何か月かに一度は、ブリーかフインのどちらか、あるいは両方が、山道をパッパカと走っていって、アンヴァードの城に住むコール王とアラヴィス王妃のところへ遊びに行ったのだった。

訳者あとがき

本書は、『銀の椅子』のつぎに刊行された五番目のナルニア国物語（原題は *The Horse and His Boy*）である。訳稿は、角川つばさ文庫より『ナルニア国物語⑤しゃべる馬と逃げた少年』として刊行したものに大幅な改訂を施して作成した。

本書の題名は、ナルニアにおいては口をきく動物と人間が対等であるという考え方に基づき、「軍馬ブリーと、ブリーの仲間となったシャスタ」という意味でつけられている。作者のC・S・ルイスは当初『シャスタと北国』という題を考えていたが、それを『馬と少年』（*The Horse and the Boy*）に変え、さらに『ナルニアへの砂漠道』、『アーチェンランド国のコール王子』、『馬が少年を盗んだ』、『国境を越えて』、『馬のブリー』などいろいろな題を考えた結果、今の題にしたという。

本書は、全七巻あるナルニア国物語のなかで、英国の子どもが異世界へ入りこむ設定になっていない点で異色である。時代設定は『ナルニア国物語1　ライオンと魔女と洋服だんす』から数年後（71ページ参照）であり、スーザン女王、ルーシー女王、エドマンド王は登場するものの、主人公はあくまでアーチェンランド国のコール王子とカロールメン国の貴族の娘アラヴィスおよびナルニア国生まれの軍馬ブリーと雌馬フインであり、読者は『アラビアン・ナイト』（『千夜一夜物語』）のような異国世界に飛びこむことになる。しかも、他の巻には、白の魔女のような悪魔を思わせる敵との対立が描かれるが、本書にはアスランと対立するような敵は登場しない。悪党のラバダッシュ王子はおろかな人間にすぎず、アスランの敵ではない。代わりに主人公たちに恐怖を与えるのが、なんとアスランなのである。

他作品ではアスランは救いを与える存在であるのに、本書ではちがう。本書におけるアスランの介入をどう解釈したらよいのか。神学者でもあるドルトン教授の解説を少し参照してみよう。

『馬とその少年』において、アスランは遍在する。陰に潜みながら（主人公たちにわからないように）行動を導き、出来事を統合する。あるときは子ネコの姿で現れて夜の古《いにしえ》の王たちの墓場で少年シャスタを慰めたりするが、多くの場合は、吼《ほ》え、うなって恐怖を与える、姿の見えない恐ろしいライオンとして行動《アクション》を導く。おびえさせることでシャスタ、ブリー、アラヴィス、フインを一緒にさせ、おどかして正しい方角へ行かせ、ときにはぎりぎりまで追いつめて、悲劇を回避するのに間に合って目的地へ着けるように恐怖を与えるのだ。

この驚くべき介入において、子供たちを追うアスランは、「背中が血だらけ」になるまでアラヴィスの肩を爪で引き裂く。『痛みの問題』（*The Problem of Pain*）において、ルイスが『神はわれらの快楽においてささやき、良心に語りかけるが、痛みにおいてはさけぶ――痛みこそ、耳の聞こえぬ世界を覚醒《かくせい》させるメガホンなのである』（一九四〇年初版、一九六二年再版93ページ）と述べたことは有名だ。ルイスは『人間にふさわしい善とは、自らを創造主に委《ゆだ》ねることである』（90ページ）と示唆し、痛みは人間にショックを与えて、その勝手な自己満足をやめさせて神に心を向けさせるがゆえに、善をもたらすとしている。〔中略〕『馬とその少年』におけるさまざまなイメージからは、子供たちに痛みを与えることを含めて、人々の人生に介入して正しく導き、教訓を与えるのは、アスランの特権であることが示唆される。（Russell W. Dalton, "Aslan Is On the Move: Images of Providence in The Chronicles of Narnia," in Shanna Caughey, ed., *Revisiting Narnia: Fantasy, Myth and Religion in C. S. Lewis' Chronicles* (Dallas: Benbella Books, 2005), pp. 135–136.）

人はつい、自分に都合のよいようになりますようにと、祈願をしに神社に参ったり、苦しいときの神頼みをしたりしがちだが、神が幸運デリバリー業者でないことは言うまでもない。神は苦楽を与えるのであり、苦しみもまた人間は従容《しょうよう》として受け容《い》れなければならない。そして本書は、「たまたまうまくいく」とか「ついてる」という意味での「幸運《ラック》」をも否定する（本書158ページ）。神はすべてをみそなわしているのだから、偶然などというものはないのだ（旧約聖書「箴言《しんげん》」第十六章第三十三節ほか参照）。そのときは偶然と思えることも、あとから振り返ればそれが運命だったと思えるようになる。

本書におけるアスランの存在は、ドルトン教授の論文のタイトルにも掲げられていたProvidence（神の摂理）という語で理解するのが最もふさわしいだろう。シェイクスピアの『ハムレット』において、「あれかこれか」と悩む主人公が最終的結論として到達する概念と同じである。最終場でハムレットは言う——「雀一羽落ちるのにも神の摂理がある」。ハムレットは、敵の姦計《かんけい》を逃れて九死に一生を得たのは「天の配剤」だとし、「つまり、俺たちがどう下手をしたところでうまく収めてくれる神がいるってことさ」とまとめている。『ハムレット』という作品は、天に代わって天罰を下そうとして、ヘラクレスのような英雄になろうと奮闘努力していた主人公が、最終幕で自分は土に還《かえ》る儚《はかな》い人間にすぎないと悟って、神の大きな力を信じることでその思いを遂げる物語である。

ハムレットと同様、人はウィリアム・アーネスト・ヘンリーの詩「不屈 *Invictus*」が歌うように、「我こそわが運命の支配者、わが魂の指揮官」と信じたがるものだ。

この詩はネルソン・マンデラの獄中生活を支えた詩とも言われ、自分を信じてがんばるときには効果がある。しかし、自分の力を信じてうまくいくときはよいが、そうでないときはどうすればいいのか。「我こそわが運命の支配者」どころか、わが運命を支配するのは自分よりもはるかに大きな力だと知ることになるだろう。どんなにがんばっても思うようにならないことだってあるのだから。

ひどいめにあったとき、つらいとき、人はどうすればいいのか。それは神が与えてくれた試練なのだと考えよと本書は示唆する（新約聖書「ヤコブの手紙」第一章第二節）。この点でも『ハムレット』は参照項となる。ハムレットは親友ホレイシオに、「君は、あらゆる苦難に遭っても苦しむことがなく、運命のひどい仕打ちもご褒美も、同じように感謝して受け取ってきた男だ」と語る。苦難を感謝して受け取るのは容易なことではない。

本作の主人公シャスタは、本当の両親を知らず、小さいときに奴隷のような暮らしを強いられ、さらに恐怖や飢えに苦しみながらつらさに耐えるが、そのときアスランが現れ、「きみをふしあわせとは言わない」とさとす（本書174ページ）。これはなかなか厳しい忠言だが、シャスタが崖《がけ》っぷちを歩いているときに落ちなかったことや、幼きシャスタの乗ったボートが岸までたどりついたという大きなめぐりあわせをも考えて、すべてが運命なのだと悟ることができるなら、今感じているつらさを「ふしあわせ」と考えずに乗り越えることも容易になるのかもしれない。たしかに、この時点でシャスタはあまりに可哀想に思えるが、物語の結末では、シャスタはアーチェンランド国を救った英雄であるのみならず、アーチェンランド国の王位を継ぐ王子となるのだから、可哀想どころではなくなっている。そうした時間の経緯も考慮に入れれば、人の禍福とは刹那《せつな》的な痛みを越えたところにあると考えるべきなのかもしれない。

『ロミオとジュリエット』でも、追放を命じられてジュリエットと会えなくなることを激しく嘆くロミオに対して、ロレンス神父はこう諭す――「おまえのジュリエットは生きている。その人のためなら、死んでもよいと思っていた人がだ。その点、おまえは幸せだ。ティボルトはおまえを殺そうとしたが、おまえがティボルトを倒した。それもまた幸せ。死を宣告すべき法律もおまえの味方となり、追放に変わった。それもまた幸せ。多くの幸せがおまえの上に降っている。幸福が最高の衣をまとっておまえにかしずいているのだ。それを、おまえは、ふくれっ面のわがまま娘のように、運命にも愛にも口をとがらせる」と。

『ロミオとジュリエット』は悲劇だが、ロレンス神父の計画さえうまくいけばハッピーエンディングとなったはずの物語でもある。ふたりの恋人たちは若くしてその命を散らすが、若くして命懸けの真の恋を経験できたのはしあわせだったのかもしれない。なにが幸せでなにが不幸なのか、結論を出すのは容易ではない。

本書で感動的な場面のひとつに、シャスタがアラヴィスとフィンを助けなければならないと思って、疾走するブリーから飛び降りて、よたよたと武器も持たずにライオンにむかっていく場面がある。相手がアスランだったからよかったものの、これがものを言わぬ野獣だったら、シャスタは確実に殺されていた。まったく理性的な行動ではない。ルイスもあえて「ばかみたいに」と記している。ただ「助けなきゃ」との一心で無我夢中でとった行動だ。真に人間らしくふるまうとき、人は理性から最も遠ざかるとルイスが考えていたとしたら、その点でもルイスはシェイクスピアと通ずることになる。

河合祥一郎

二〇二一年四月

本書は二〇一九年十月に小社より刊行された角川つばさ文庫（児童向け）を一般向けに加筆修正したうえ、新たに文庫化したものです。
本書には、一部差別的ともとれる表現がふくまれていますが、作者が故人であること、作品が発表された当時の時代背景、文学性や芸術性などを考慮し、原文をそのまま訳して掲載しています。

（編集部）

本文デザイン／大原由衣

新訳《しんやく》

ナルニア国《こく》物《もの》語《がたり》5

馬《うま》とその少年《しょうねん》

C・S・ルイス　河合《かわい》祥一郎《しょういちろう》＝訳

令和４年 11月25日　初版発行

発行者●山下直久

発行●株式会社KADOKAWA
〒102-8177　東京都千代田区富士見2-13-3
電話　0570-002-301（ナビダイヤル）

角川文庫 23430

印刷所●株式会社暁印刷
製本所●本間製本株式会社

表紙画●和田三造

●お問い合わせ
https://www.kadokawa.co.jp/（「お問い合わせ」へお進みください）
※内容によっては、お答えできない場合があります。
※サポートは日本国内のみとさせていただきます。
※Japanese text only

ISBN 978-4-04-110857-4　C0197

◇◇◇

角川文庫発刊に際して

角川源義

　第二次世界大戦の敗北は、軍事力の敗北であった以上に、私たちの若い文化力の敗退であった。私たちの文化が戦争に対して如何に無力であり、単なるあだ花に過ぎなかったかを、私たちは身を以て体験し痛感した。西洋近代文化の摂取にとって、明治以後八十年の歳月は決して短かすぎたとは言えない。にもかかわらず、近代文化の伝統を確立し、自由な批判と柔軟な良識に富む文化層として自らを形成することに私たちは失敗して来た。そしてこれは、各層への文化の普及滲透を任務とする出版人の責任でもあった。

　一九四五年以来、私たちは再び振出しに戻り、第一歩から踏み出すことを余儀なくされた。これは大きな不幸ではあるが、反面、これまでの混沌・未熟・歪曲の中にあった我が国の文化に秩序と確たる基礎を齎らすためには絶好の機会でもある。角川書店は、このような祖国の文化的危機にあたり、微力をも顧みず再建の礎石たるべき抱負と決意とをもって出発したが、ここに創立以来の念願を果すべく角川文庫を発刊する。これまで刊行されたあらゆる全集叢書文庫類の長所と短所とを検討し、古今東西の不朽の典籍を、良心的編集のもとに、廉価に、そして書架にふさわしい美本として、多くのひとびとに提供しようとする。しかし私たちは徒らに百科全書的な知識のジレッタントを作ることを目的とせず、あくまで祖国の文化に秩序と再建への道を示し、この文庫を角川書店の栄ある事業として、今後永久に継続発展せしめ、学芸と教養との殿堂として大成せんことを期したい。多くの読書子の愛情ある忠言と支持とによって、この希望と抱負とを完遂せしめられんことを願う。

一九四九年五月三日

ナルニア国物語6巻のお話は…

ロンドンに住む少年ディゴリーはおとなりの少女ポリーをつれて自分の家を探検していた。ふたりは、ディゴリーのおじさんの書斎で魔法の指輪をみつける。実はおじさんは魔術師で、異世界とこの世界を行き来するために、その指輪を作ったのだ。おかげで、ポリーとディゴリーはふしぎな世界へ迷いこんでしまう。

異世界でディゴリーは、悪の女王ジェイディスを誤って復活させ、ロンドンにつれてきてしまう。街は大騒ぎ。子どもたちはなんとかして女王を元の世界へ戻そうとするが、入りこんだのはまた別の世界だった。

そこでは今まさにアスランが新しい国を作り出そうとしていた。その新しい国こそがナルニアだった。ナルニアはどんなふうにできたのか？　ナルニアの最初の王と女王はだれなのか？　すべてが明らかになる。

角川文庫海外作品

新訳 ナルニア国物語1
ライオンと魔女と洋服だんす
C・S・ルイス
河合祥一郎＝訳

田舎の古い屋敷に預けられた4人兄妹は、空き部屋で大きな洋服だんすをみつける。扉を開けると、そこは残酷な魔女が支配する国ナルニアだった。子どもたちはナルニアの王になれと言われるが……名作を新訳で。

新訳 ナルニア国物語2
カスピアン王子
C・S・ルイス
河合祥一郎＝訳

夏休みが終わり、4人兄妹が駅で学校行きの列車を待っていると、一瞬で別世界に飛ばされてしまう。そこは魔法が失われた1千年後のナルニアだった。4人はカスピアン王子と、ナルニアに魔法を取り戻そうとするが……。

新訳 ナルニア国物語3
夜明けのむこう号の航海
C・S・ルイス
河合祥一郎＝訳

ルーシーとエドマンドはいとこのユースタスとともにナルニアへ！　カスピアン王やネズミの騎士と再会し、7人の貴族を捜す旅に同行する。人が竜に変身する島など不思議な冒険を経て、この世の果てに辿りつき……。

新訳 ナルニア国物語4
銀の椅子
C・S・ルイス
河合祥一郎＝訳

ユースタスと同級生のジルは、アスランに呼び寄せられナルニアへ。行方不明の王子を捜しだすよう命じられる。与えられた手掛かりは4つのしるし。根暗すぎる沼むっつりも加わり、史上最高に危険な冒険が始まる。

不思議の国のアリス
ルイス・キャロル
河合祥一郎＝訳

ある昼下がり、アリスが土手で遊んでいると、チョッキを着た兎が時計を取り出しながら、生け垣の下の穴にぴょんと飛び込んで……個性豊かな登場人物たちとユーモア溢れる会話で展開される、児童文学の傑作。

角川文庫海外作品

鏡の国のアリス

ルイス・キャロル
河合祥一郎＝訳

ある日、アリスが部屋の鏡を通り抜けると、そこはおしゃべりする花々やたまごのハンプティ・ダンプティたちが集う不思議な国。そこでアリスは女王を目指すのだが……永遠の名作童話決定版！

新訳 ハムレット

シェイクスピア
河合祥一郎＝訳

デンマークの王子ハムレットは、突然父王を亡くした上、その悲しみの消えぬ間に、母・ガードルードが、新王となった叔父・クローディアスと再婚し、苦悩するが……画期的新訳。

新訳 ロミオとジュリエット

シェイクスピア
河合祥一郎＝訳

モンタギュー家の一人息子ロミオはある夜仇敵キャピュレット家の仮面舞踏会に忍び込み、一人の娘と劇的な恋に落ちるのだが……世界恋愛悲劇のスタンダードを原文のリズムにこだわり蘇らせた、新訳版。

新訳 ヴェニスの商人

シェイクスピア
河合祥一郎＝訳

アントーニオは友人のためにユダヤ商人シャイロックに借金を申し込む。「期限までに返せなかったらアントーニオの肉1ポンド」を要求するというのだが……人間の内面に肉薄する、シェイクスピアの最高傑作。

新訳 リチャード三世

シェイクスピア
河合祥一郎＝訳

醜悪な容姿と不自由な身体をもつリチャード。兄王の病死をきっかけに王位を奪い、すべての人間を嘲笑し返そうと屈折した野心を燃やす男の壮絶な人生を描く、シェイクスピア初期の傑作。

角川文庫海外作品

新訳 マクベス
シェイクスピア
河合祥一郎＝訳
武勇と忠義で王の信頼厚い、将軍マクベス。しかし荒野で出合った三人の魔女の予言は、マクベスの心の底に眠っていた野心を呼び覚ます。妻にもそそのかされたマクベスはついに王を暗殺するが……。

新訳 十二夜
シェイクスピア
河合祥一郎＝訳
オーシーノ公爵は伯爵家の女主人オリヴィアに思いを寄せるが、彼女は振り向いてくれない。それどころか、女性であることを隠し男装で公爵に仕えるヴァイオラになんと一目惚れしてしまい……。

新訳 夏の夜の夢
シェイクスピア
河合祥一郎＝訳
貴族の娘・ハーミアと恋人ライサンダー。そしてハーミアのことが好きなディミートリアスと彼に恋するヘレナ。妖精に惚れ薬を誤用された4人の若者の運命は？幻想的な月夜の晩に妖精と人間が織りなす傑作喜劇。

新訳 から騒ぎ
シェイクスピア
河合祥一郎＝訳
ドン・ペドロは策を練り友人クローディオとヒアローを婚約させせた。続けて友人ベネディックとビアトリスもくっつけようとするが、思わぬ横やりが入る。思いこみの連続から繰り広げられる恋愛喜劇。新訳で登場。

新訳 まちがいの喜劇
シェイクスピア
河合祥一郎＝訳
アンティフォラスは生き別れた双子の弟を探しにエフェソスにやってきた。すると町の人々は、兄をもとからいる弟とすっかり勘違い。誤解が誤解を呼び、町は大混乱。そんなときとんでもない奇跡が起きる……。

角川文庫海外作品

新訳 オセロー
シェイクスピア
河合祥一郎＝訳

美しい貴族の娘デズデモーナを妻に迎えたヴェニスの黒人将軍オセロー。恨みを持つ旗手イアーゴーの巧みな策略により妻の姦通を疑い、信ずるべき者たちを手にかけてしまう。シェイクスピア四大悲劇の一作。

新訳 お気に召すまま
シェイクスピア
河合祥一郎＝訳

舞台はフランス。宮廷から追放され、男装して森に逃げる元公爵の娘ロザリンド。互いに一目惚れした青年オーランドーと森で再会するも目下男装中。正体を明かさないまま、二人の恋の駆け引きが始まる――。

新訳 アテネのタイモン
シェイクスピア
河合祥一郎＝訳

財産を気前よく友人や家来に与えるアテネの貴族タイモンは、膨れ上がった借金の返済に追われる。他の貴族に援助を求めるが、手の平を返したようにそっぽを向かれ、タイモンは森へ姿をくらましてしまい――。

新訳 リア王の悲劇
シェイクスピア
河合祥一郎＝訳

「これが最悪だ」と言えるうちはまだ最悪ではないのだ――。シェイクスピア四大悲劇で最も悲劇的な作品。最新研究に鑑み1623年のフォーリオ版の全訳に1608年のクォート版との異同等も収録する決定版！

シャーロック・ホームズの冒険
コナン・ドイル
石田文子＝訳

世界中で愛される名探偵ホームズと、相棒ワトスン医師の名コンビの活躍が、最も読みやすい最新訳で蘇る！　女性翻訳家ならではの細やかな感情表現が光る「ボヘミア王のスキャンダル」を含む短編集全12編。

角川文庫海外作品

シャーロック・ホームズの回想

コナン・ドイル
駒月雅子＝訳

ホームズとモリアーティ教授との死闘を描いた問題作「最後の事件」を含む第2短編集。ホームズの若き日の冒険など、第1作を超える衝撃作が目白押し。発表当時に削除された「ボール箱」も収録。

シャーロック・ホームズの帰還

コナン・ドイル
駒月雅子＝訳

宿敵モリアーティと滝壺に消えたホームズが驚くべき方法でワトスンと再会する「空き家の冒険」、華麗な暗号解読を披露する「踊る人形」、恐喝屋との対決を描いた「恐喝王ミルヴァートン」等、全13編を収録。

シャーロック・ホームズ 最後の挨拶

コナン・ドイル
駒月雅子＝訳

引退したホームズが最後に手がけた、英国のための一仕事とは（表題作）。姿を見せない下宿人を巡る「赤い輪」、ホームズとワトソンの友情の深さが垣間見える「悪魔の足」や「瀕死の探偵」を含む必読の短編集。

新訳 ドリトル先生アフリカへ行く

ヒュー・ロフティング
河合祥一郎＝訳

ドリトル先生は動物と話せる、世界でただ一人のお医者さん。伝染病に苦しむサルたちを救おうと、仲良しのオウム、子ブタ、アヒル、犬、ワニたちと船でアフリカへむかうが……新訳と楽しい挿絵で名作を読もう。

新訳 ドリトル先生航海記

ヒュー・ロフティング
河合祥一郎＝訳

動物と話せるお医者さん、ドリトル先生の今度の冒険は、海をぷかぷか流されていくクモザル島を探す船の旅！ おなじみの動物たちもいっしょ。巨大カタツムリに乗って海底旅行も？ 第2回ニューベリー賞受賞。

角川文庫海外作品

新訳 ドリトル先生の郵便局
ヒュー・ロフティング
河合祥一郎＝訳

先生がはじめたツバメ郵便局に、世界中の動物から手紙が届き、先生たちは大忙し。可哀想な王国を救ったりと大活躍も続く。やがて世界最古の謎の動物から、秘密の湖への招待状が……大好評のシリーズ第3巻！

新訳 ドリトル先生のサーカス
ヒュー・ロフティング
河合祥一郎＝訳

お財布がすっからかんのドリトル先生。もう動物たちとサーカスに入るしかない！　気の毒なオットセイを助けようとして殺人犯にまちがわれたり、アヒルがバレリーナになる動物劇を上演したり。大興奮の第4巻。

新訳 ドリトル先生の動物園
ヒュー・ロフティング
河合祥一郎＝訳

世界に一つだけの檻のない動物園が完成！　ウサギアパートやリスホテルまである動物天国だ。ネズミのお話会も開催され、園は大盛り上がり。しかし先生が事件にまきこまれ……探偵犬と謎を解くミステリーな第5巻。

新訳 ドリトル先生のキャラバン
ヒュー・ロフティング
河合祥一郎＝訳

ドリトル・サーカスの新しい出し物は、カナリアやフラミンゴが歌って踊る世界初の鳥のオペラ！　このとんでもないショーは成功するのか？　先生が女性に変装して悪徳動物業者をこらしめる、びっくり仰天の第6巻。

新訳 ドリトル先生と月からの使い
ヒュー・ロフティング
河合祥一郎＝訳

犬の博物館でにぎわうドリトル家の庭に、謎の巨大生物が舞い降りた！　えっ、先生を迎えに来た月からの使い⁉　宇宙への大冒険が始まる。教授犬やちょんまげ犬の愉快なお話も満載！　大人気の新訳シリーズ第7巻！